KYOKO KARASUMA

Detective of the Asakusa Police Department

7

Szenario: Ohji Hiroi
Zeichnungen: Yusuke Kozaki

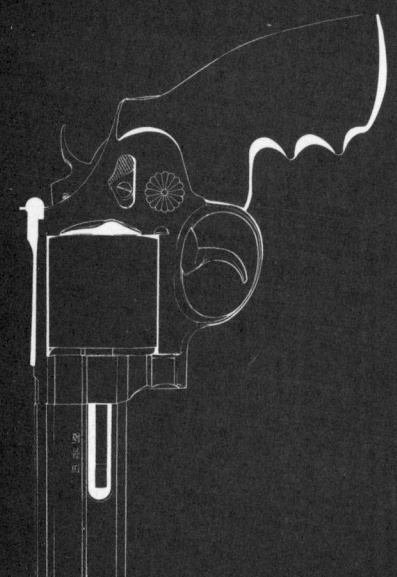

outline & profile
KYOKO KARASUMA

[?]OZO MITAMURA
[?]iter der Division
[ge]gen Gewaltver-
[bre]chen und Kopf
[de]r vollbewaffne-
[te]n Polizeitruppe.
[Un]ter seiner sanf-
[te]n Mimik verbirgt
[er] sein wahres
[Ge]sicht: Als
[Sp]ezialist für
[die] Beseitigung
[vo]n Oni wird er
[so]gar von den
[On]i gefürchtet.

MIKI SUGIURA
Elitekämpferin und ehe-
maliges SAS-Mitglied. Die
Kommandantin der Polizei-
truppe ist Spezialistin für
Feuerwaffen. Wurde bei
der Schlacht am Komi-
ne-Schloss schwer
verletzt.

Detective of the Asakusa Police Department

KUNIO SHIBATA
Als ehemaliges
Maruki-Mitglied
jagte er früher zu-
sammen mit Mita-
mura die Oni. Zog
sich zurück und
lebte wie ein Ob-
dachloser, stieß
jetzt jedoch wie-
der zur Polizei-
truppe hinzu.
Wurde bei der
Schlacht am Ko-
mine-Schloss
schwer verletzt.

KYOKO KARASUMA
Ein Mädchen mit
übermenschlichen
körperlichen Fähig-
keiten. Auf Grund
einer Kindheitser-
fahrung hasst sie
die Oni, leidet zu-
gleich aber unter
dem »Oni-Blut«, das
in ihr fließt.

[RA]YMOND KUMANO
[Be]sitzt ungeheuerliche
[Kra]ft. Seit ein Kollege von
[ih]m von einem Oni na-
[men]s Kyogen brutal ermor-
[det] wurde, ist er wie be-
[ses]sen von seinem Hass
[de]n Oni gegenüber.

Was bisher geschah...

Kyoko Karasuma, die in der Division gegen Gewaltverbrechen im Asakusa Police Department des Tokyos der nahen Zukunft tätig ist, geht mit ihrem Partner Raymond Kumano den sich plötzlich häufenden, seltsamen Fällen nach und findet bald heraus, dass Oni, die jahrzehntelang unauffällig im Hintergrund der Menschengeschichte lebten, dahinter stecken. Die Spannungslage zwischen den Menschen und den Oni droht sich gewaltig zu verschärfen, als die Menschen einen Jahrhunderte alten Vertrag mit dem Inhalt, »jedes hunderte Jahr den Oni Menschenfrauen zu opfern«, als ungültig erklären. Um den kräftemäßig eindeutig überlegenen Oni entgegenzutreten, beschließt die Polizei den Aufbau einer »voll bewaffneten Polizeitruppe«. Unter den Elitemitgliedern, die aus ganz Japan rekrutiert werden, befinden sich etliche Top-Spezialisten, angefangen beim ehemaligen Maruki-Mitglied Shibata. Doch zur selben Zeit taucht auch der Yakuza Kanou auf, der sich auf die Seite der Oni stellt, obwohl er ein Mensch ist. Mit der »Ullambana«-Zeremonie als Köder lockt er die vollbewaffnete Polizeitruppe aus der Reserve und bedrängt sie mit Hilfe von Uchida, einem Oni-Jungen, und Kyogen, dem Erzrivalen Raymonds. Inmitten des Kampfes flüstert Uchida Kyoko zu, dass in ihr königliches Oni-Blut fließt, was Kyoko erzittern lässt. Kanou entkommt und es wird offenbar, dass es sein wahres Ziel ist, unter Einsatz von gewaltigem Kapital ein unabhängiges »Reich der Oni« in Touhoku zu gründen. Um dieses Vorhaben zu verhindern, eilt die Polizeitruppe nach Touhoku. Doch dort erwartet sie ein Hinterhalt der mächtigen Oni Iorou und Nishimagura, der mit einer vernichtenden Niederlage endet. Zur gleichen Zeit schickt Mitamura, der weiß, dass Kanou eine Kernwaffe als Druckmittel benutzt, Kyoko und Raymond zu Kanous Versteck. Doch den beiden stellen sich Iorou und Kyogen in den Weg. Alle Angriffe Kyokos werden vereitelt und sie gerät in höchste Not, bis ihr Erzfeind Uchida ihr zu Hilfe eilt...

KIRIO UCHIDA
Ein junger Oni, der das unheimliche Schwert »Onikirimaru« trägt. Er bedrängt Kyoko hartnäckig, mit ihm ein Reich der Oni zu gründen.

TATSUMI KANOU
Ein Yakuza, der die Oni verehrt, obwohl er ein Mensch ist. Was führt er im Schilde...?

IOROU
Ein mächtiger Oni, der ähnliche Kampftechniken besitzt wie Kyoko.

KYOGEN
Kumanos ehemaliger Vorgesetzter. In Wahrheit ist er ein Flammen beherrschender »blauer Oni«.

KYOKO KARASUMA
Detective of the Asakusa Police Department

Inhalt

Kapitel 47: Iorou vs. Uchida	7
Kapitel 48: Mitamuras Entschlossenheit	25
Kapitel 49: Die Entscheidung	47
Kapitel 50: Das Reich des bunten Herbstlaubs	65
Kapitel 51: Das letzte Kalkül	87
Kapitel 52: Der wahre Kanou	107
Kapitel 53: A dead end	131
Kapitel 54: Der Tag nach der Revolution	155

Touhoku

Stadt Iwaki in der
Präfektur Fukushima

Onahama-Hafen
2.10 Uhr nachts

Tatsumi Kanou, der über gewaltiges Kapital und eine Platoniumbombe verfügt...

...erklärt die Unabhängigkeit der Toahoku-Region von der Zentralregierung.

...wird er ganz Tokyo mit Hilfe der Kernwaffe in Schutt und Asche legen.

Sollte bis sechs Uhr morgens, kurz vor Sonnenaufgang, keine Zustimmung erfolgen...

Wird die in knapp drei Stunden...

... über dem Horizont aufsteigende Sonne...

... den Anbruch des ersten Tages...

... des neuen Königreichs Touhoku einläuten?

Da bist echt zu beneiden...

...

Werde ich wohl hinnehmen müssen.

Sogar ich werde es nicht schaffen, sie zu erledigen, während ich mich mit dem Stammhalter der Familie Uchida anlege.

Tut mir leid, aber Karasuma lasse ich laufen.

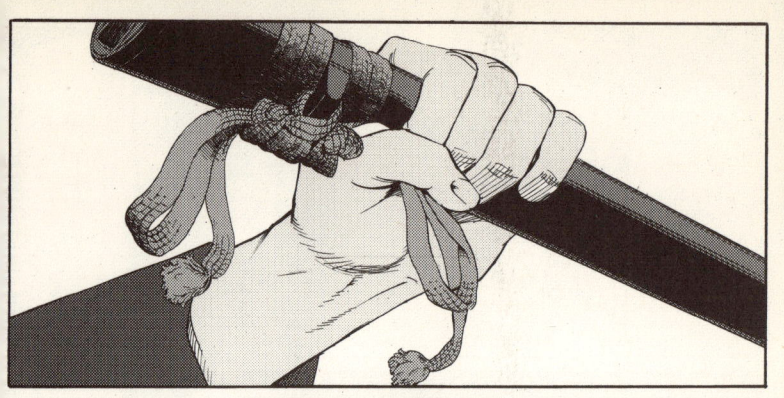

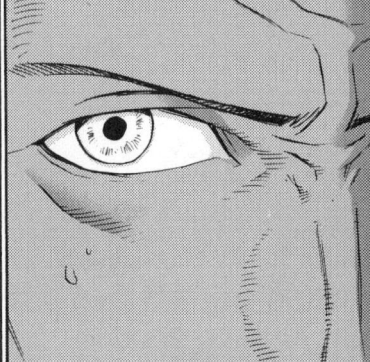

Ioroa, du Dummerchen...

Ich wusste, dieser Tag würde kommen.

Dir ist wirklich nicht zu helfen...

Aber jetzt können wir endlich...

... in Frieden ruhen. Wir beide.

Ioroa...

KEUH
KEUH

Huff!
Huff!

26

Kyoko.
Ja?
Ich habe letztens einen leckeren Nudelladen gefunden...
Lass uns da einmal essen gehen, wenn diese Sache vorbei ist.
... Gern.
Ich freue mich darauf...

OOOOOOOOH!!!

ARSCH LOCH!!!

UWOOOOOOOH!

Aah...
Verdammt! Mein Körper wurde überlastet.
Wenn ich dem Kampf nicht bald ein Ende bereite...
Ku... Ku... Ku... Kumanooo!
Er fühlt sich wie verrostetes Eisen an... Mann, tut das weh...!

HUFF!

Ha... Ich hoffe, du leidest richtig, du erbärmliches Fuchsmonster...

HUFF!

Diese Kraft... Bist du wirklich ein Mensch?!

Ich glaub es nicht...

HUFF!

Ich reiß dich in so kleine Stücke, dass du auf ewig keinen Seelenfrieden finden wirst!

HUFF!

HUFF!

He he!

Versuch's doch...!

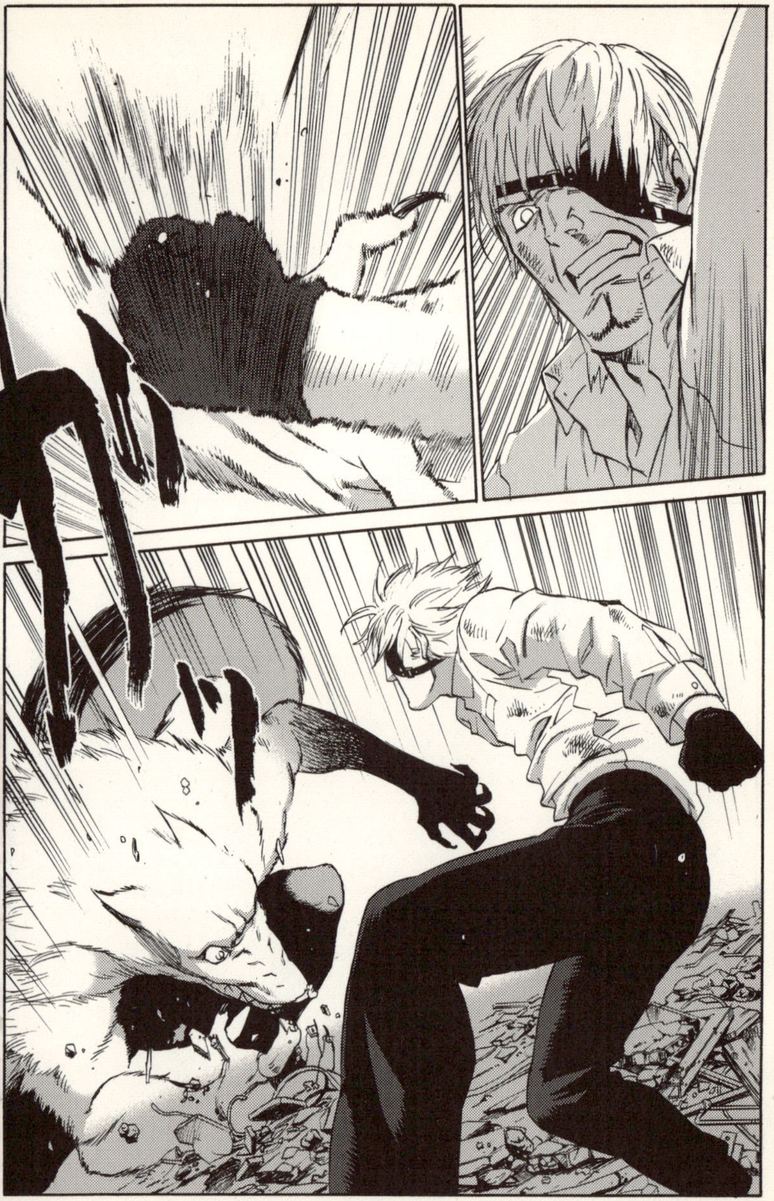

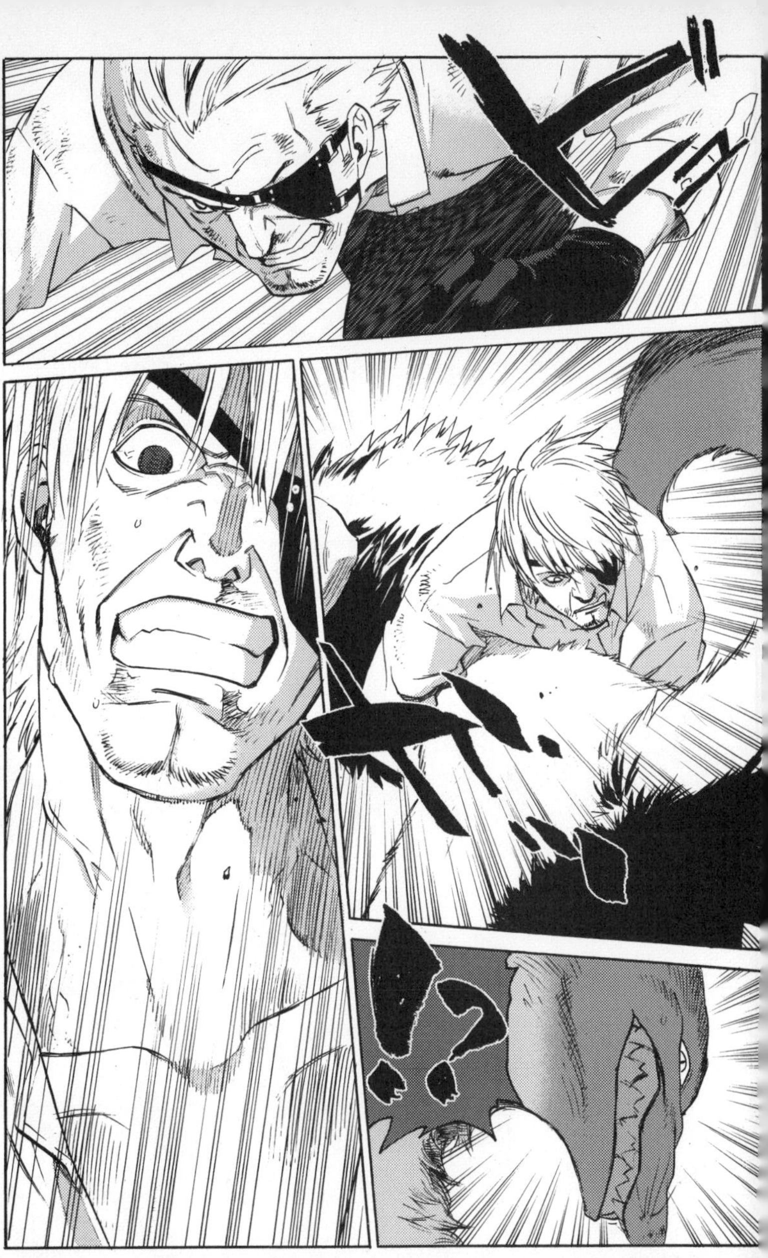

UWOOOOOHHHH

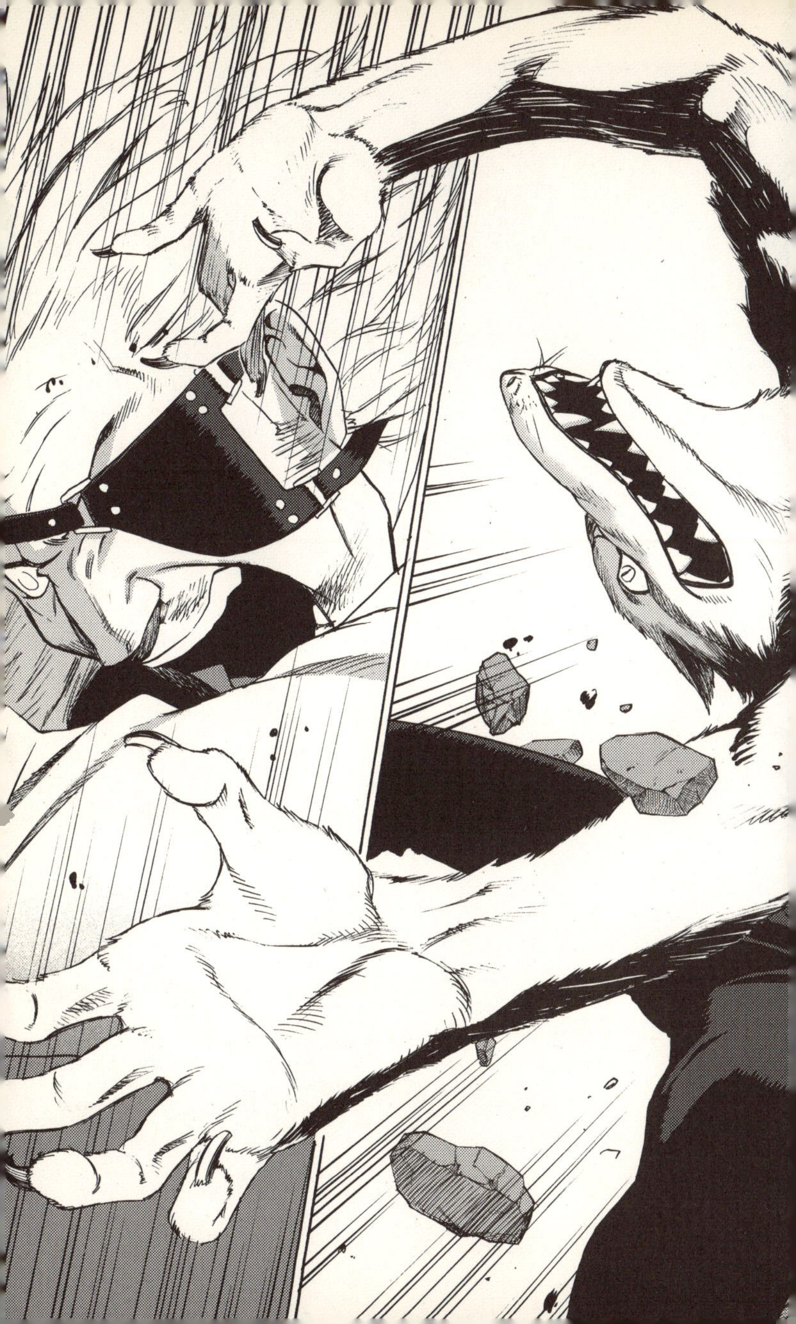

46

Kapitel 49:
Die Entscheidung

HUFF!
HUFF!
HUFF!
Aaaargh... Das wirst du bereu-en!
Huff!
Kumanooo... Genug gescherzt. So langsam hört der Spaß auf!
Huff!
Huff!
Dieser primitive Mensch treibt mich noch...
Huff!
Huff!
Huff!
Ei... Plage... du für mich...!
Es... mein Fehler, dass... dich so lange... leben ließ...!

Machst du schon schlapp?!

Was ist?

HUFF!

Ich werde dem jetzt ein Ende setzen!

Du armse- lige Kreatur. Jetzt bist du kraftlos wie eine Puppe...

Ha!

Huff!

HUFF!

HUFF!

HUFF!

!!
ガラッ
ドガア

Guh...!

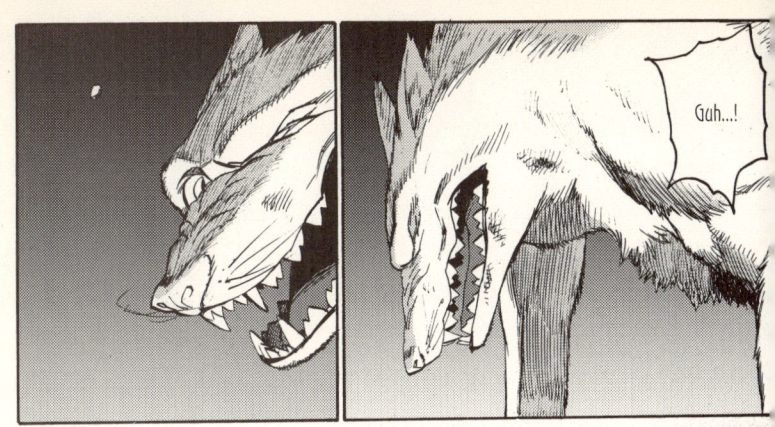

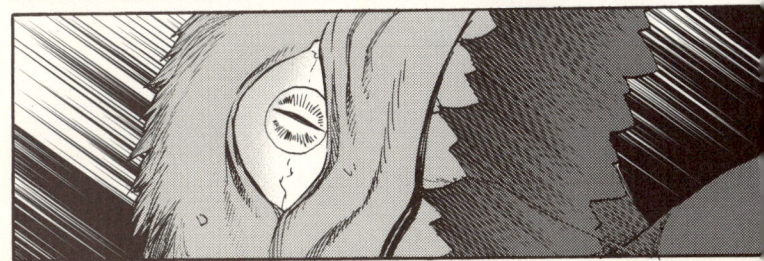

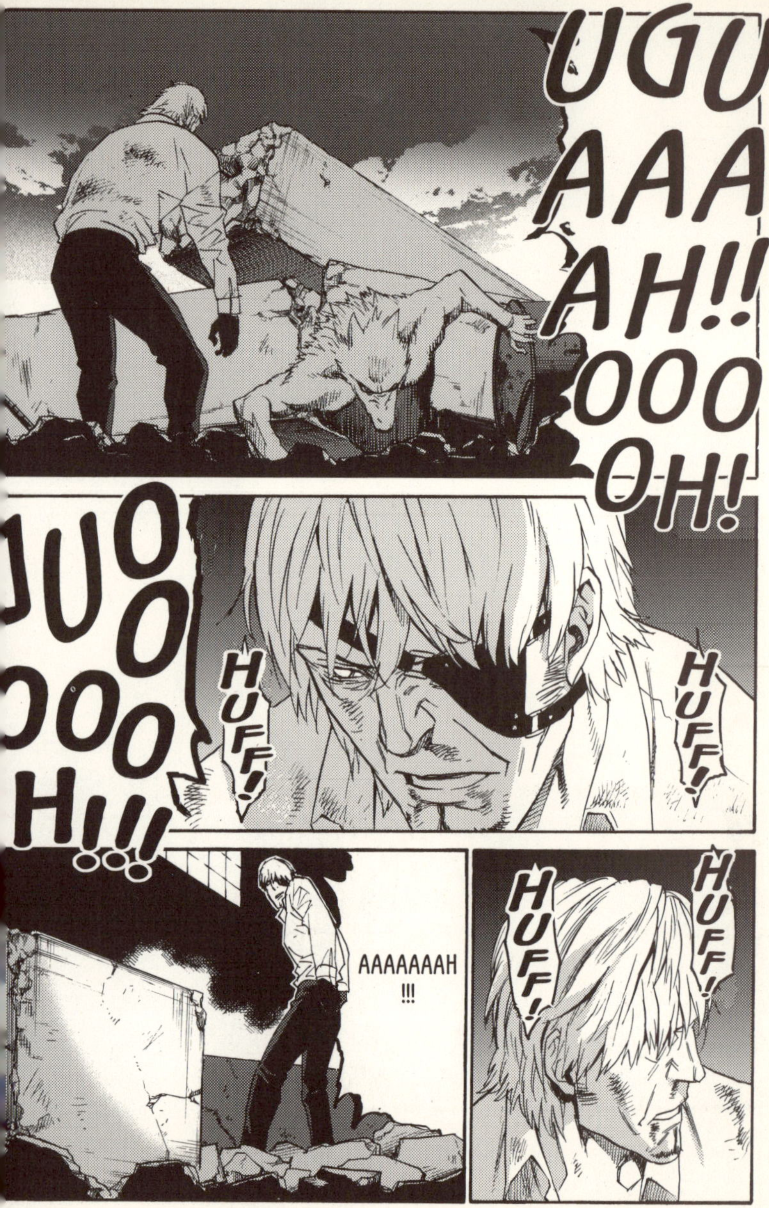
UGU AAA AH!! OOO OH!
JUO O OOO H!!!
HUFF!
HUFF!
HUFF!
HUFF!
AAAAAAAH !!!

Meine... meine Knochen...!

Ku...

Kumano...!

...Ha...

...

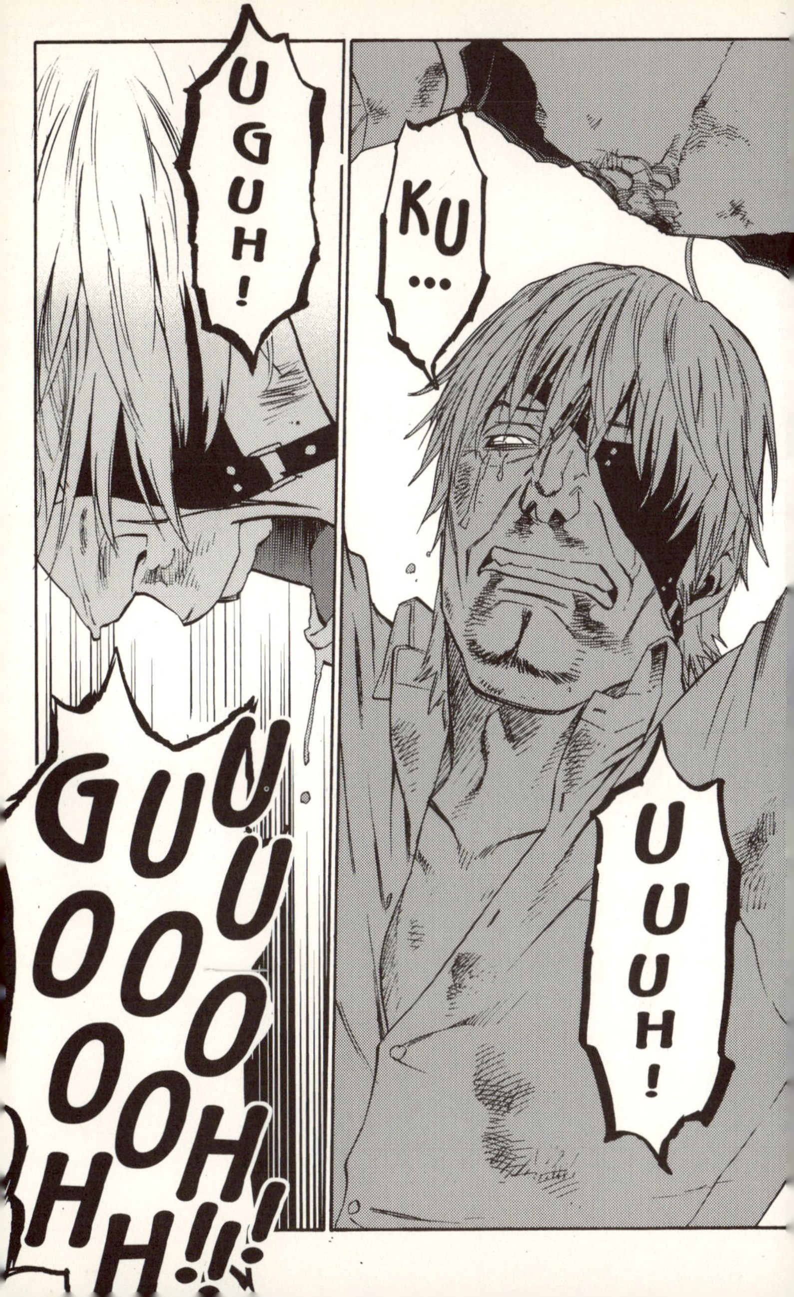
KU...
UGUH!
UUUUH!
GUUUOOOOOOOHHH!!!

KYOKO KARASUMA Detective of the Asakusa Police Department

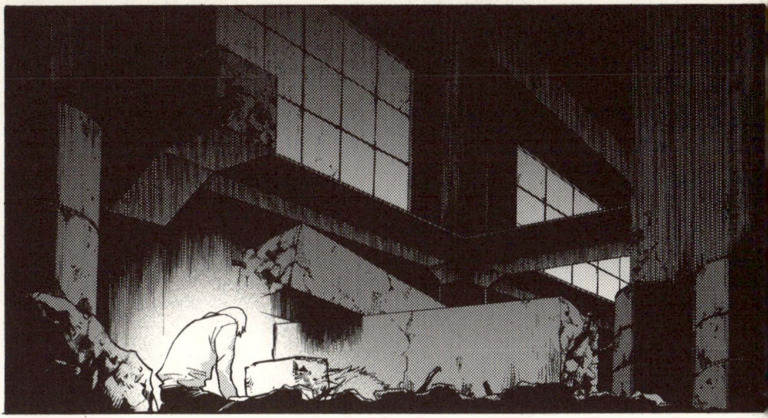

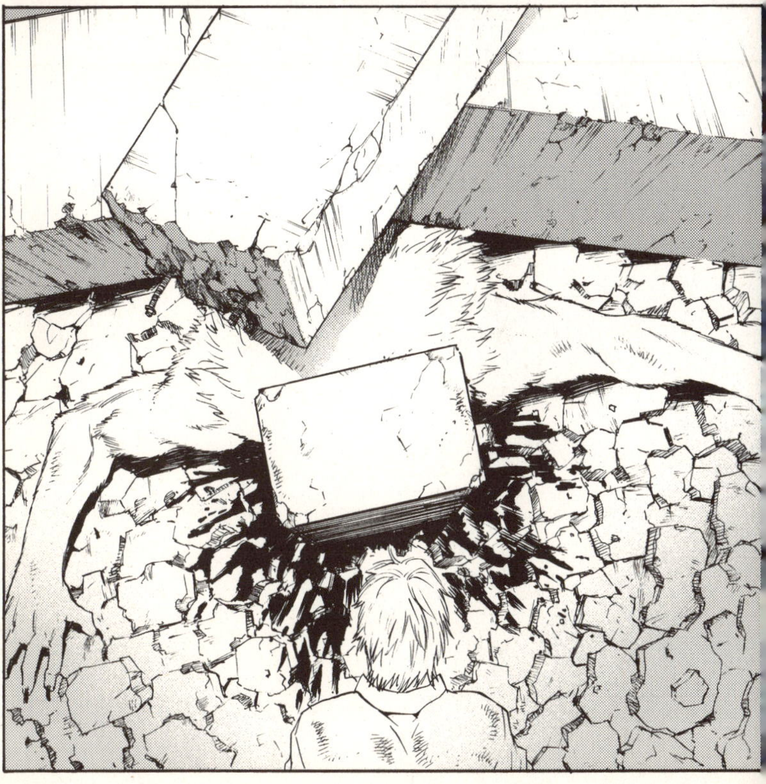

カッ

!?

パリーン

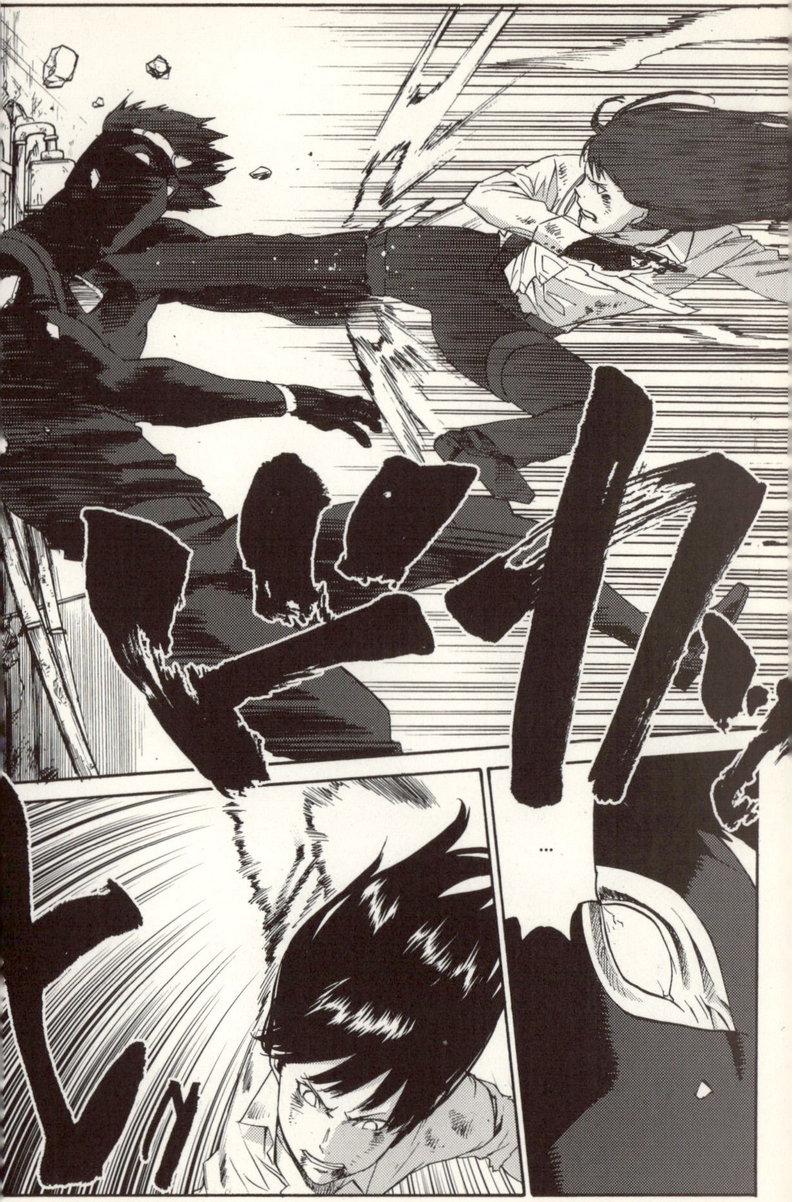

HUFF!

HUFF!

Was war das für ein Lärm? Dort drüben!

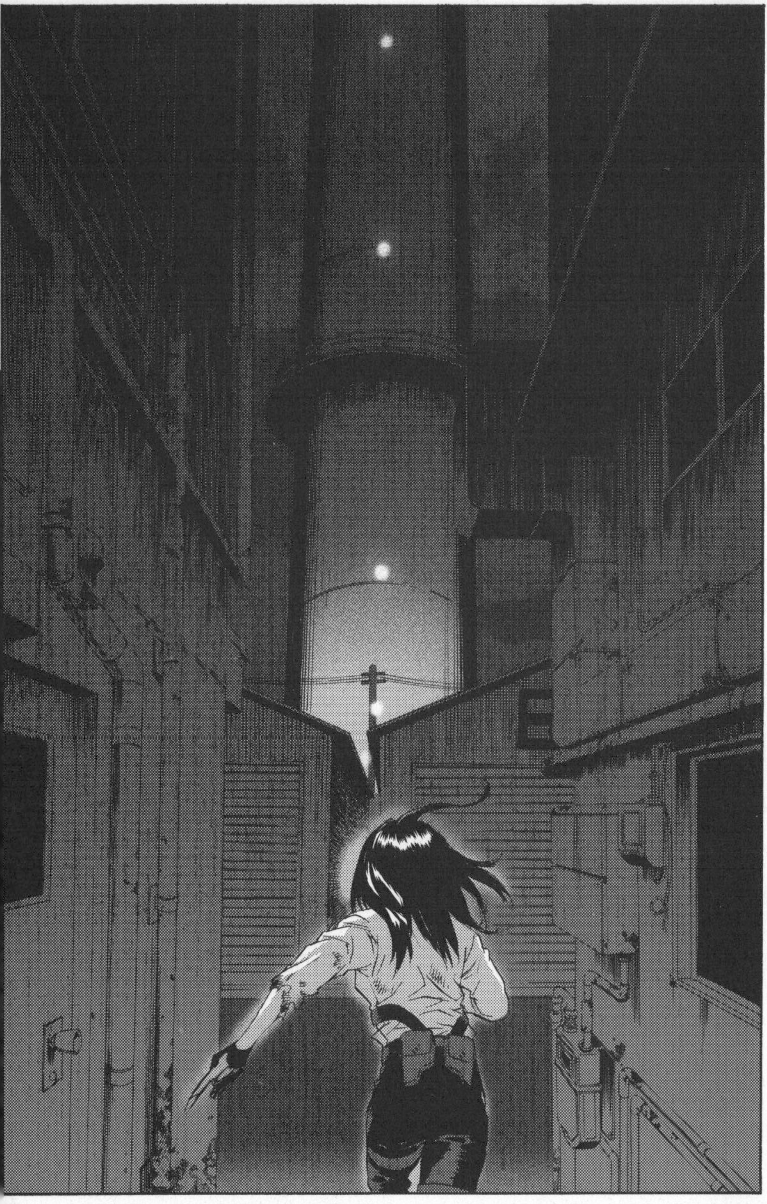

KYOKO KARASUMA Detective of the Asakusa Police Department

KYOKO KARASUMA Detective of the Asakusa Police Department

Kapitel 50:
Das Reich des bunten Herbstlaubs

5:00

Noch eine Stunde...

Herr Kanou!
...
...
Was?!
Iorou und Kyogen sind gefallen?!
Ist etwa die Streitkraft anmarschiert...? Nein, sie wären denen überlegen gewesen...
Nur zwei...?
Gegen wen zum Teufel haben sie gekämpft?!
Es sollen...
... nur zwei Personen gewesen sein. Eine junge Frau und ein einäugiger Blonder.
Das waren die beiden... zweifellos!

Vor allem sind unsere Feinde nur zu zweit! Verdammte Scheiße!

Sollte ich mit der Bombe die Zentralregierung zwingen, sie zurückzurufen...? Nein, es wäre anklug, mir so kurz vor dem Ziel meine Nervosität anmerken zu lassen.

Auch unsere Oni-Armee am Hafen wurde überwältigt.

...

Dem Bericht zufolge steuert diese Frau geradewegs auf den Leuchtturm zu...

Wenn nicht... könnte es unseren Plan beeinträchtigen!

Tötet sie innerhalb der nächsten 30 Minuten... Setzt alles daran! In den nächsten 30 Minuten, hörst da?!

Die Sonne geht auf...

Wo mag Karasuma sein?

HUFF! HUFF! HUFF! HUFF!

Kyoko?

Kyoko.

Mita-
mura
hier.

Der
Tag
bricht
an...

Kyoko
!!!

71

?!

Wir können nichts feststellen! Grund unbekannt!

Die Verbindung ist abgebrochen...! Was ist da los?!

Stellt sie sofort wieder her!

...

!

Wer ...?

Kyoko...

In jenem Land werde ich auf dich warten.

In jenem Land ...?
Bist du das...
... Mutter ?!
!
Die Verbindung ist wiederhergestellt!
»Mutter« ?
Kyoko!
Hach!
Ja!

Ich konnte das Abwehrnetz der Oni-Armee durchbrechen.

Uns bleibt weniger als eine Stunde. Wie ist die Lage?

Befinde mich gegenwärtig...

... direkt unter dem Leuchtturm.

Und keine weiteren Oni in Sicht.

Das werde ich!

Wir dürfen keine Zeit mehr verlieren... Kannst du dort eindringen?

HUFF! HUFF!

!

Verdammt. Sie hatten sich im Wasser versteckt...

!

Mist...

Ich bin umzingelt...!

Denk nach... Es gibt bestimmt einen Ausweg...

HUFF! *HUFF!*

Ich habe nicht mehr die Kraft, gegen so viele zu kämpfen...

... spricht dafür, dass Kanou sich hier aufhält.

Dass so viele Soldaten hier sind...

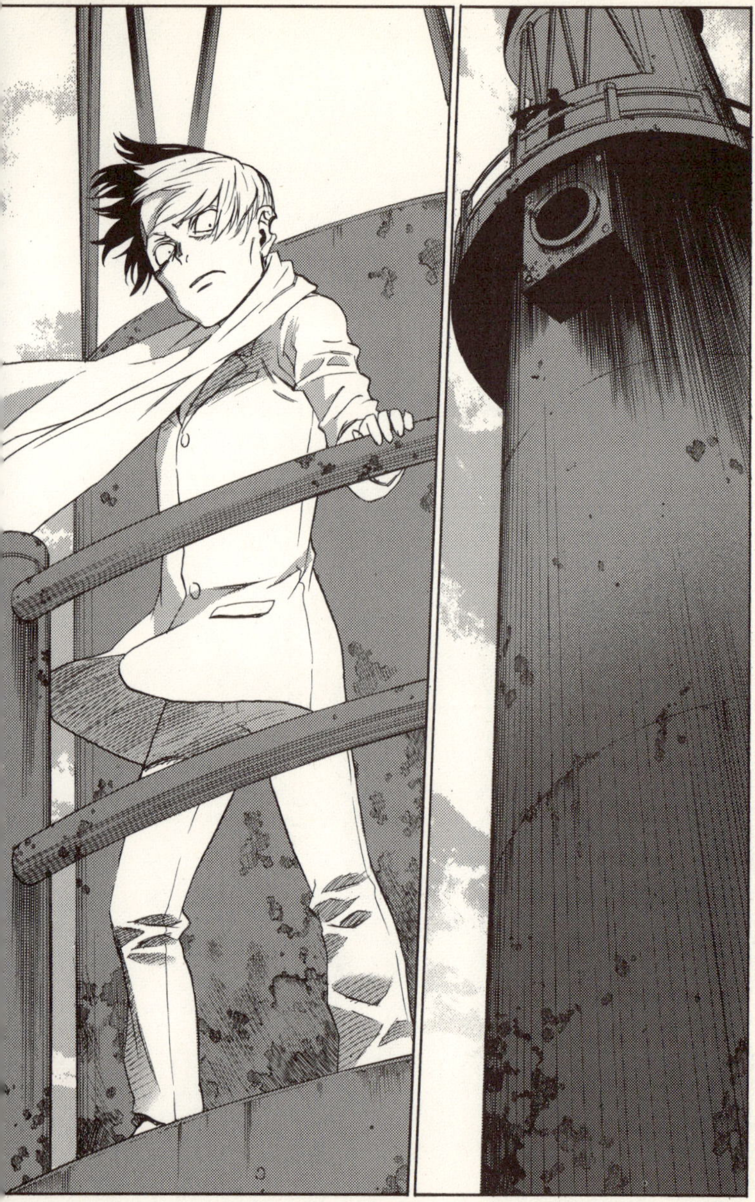

Ka...

Kanou!

Tötet sie!!!

Also doch diese Hure ...!

Sie ist ein Bulle! Eine gemeine Schlampe der Zentralregierung!

Diese Frau widersetzt sich unserem Königreich!

Sie wird unser letztes Opfer sein!

Ich werde kämpfen...

Kch...

... bis zum Tod!

84

Meister Uchida schickt mich.

Du...!

Karasuma! Halt deinen Atem an!

!

Wo kommt der jetzt her?

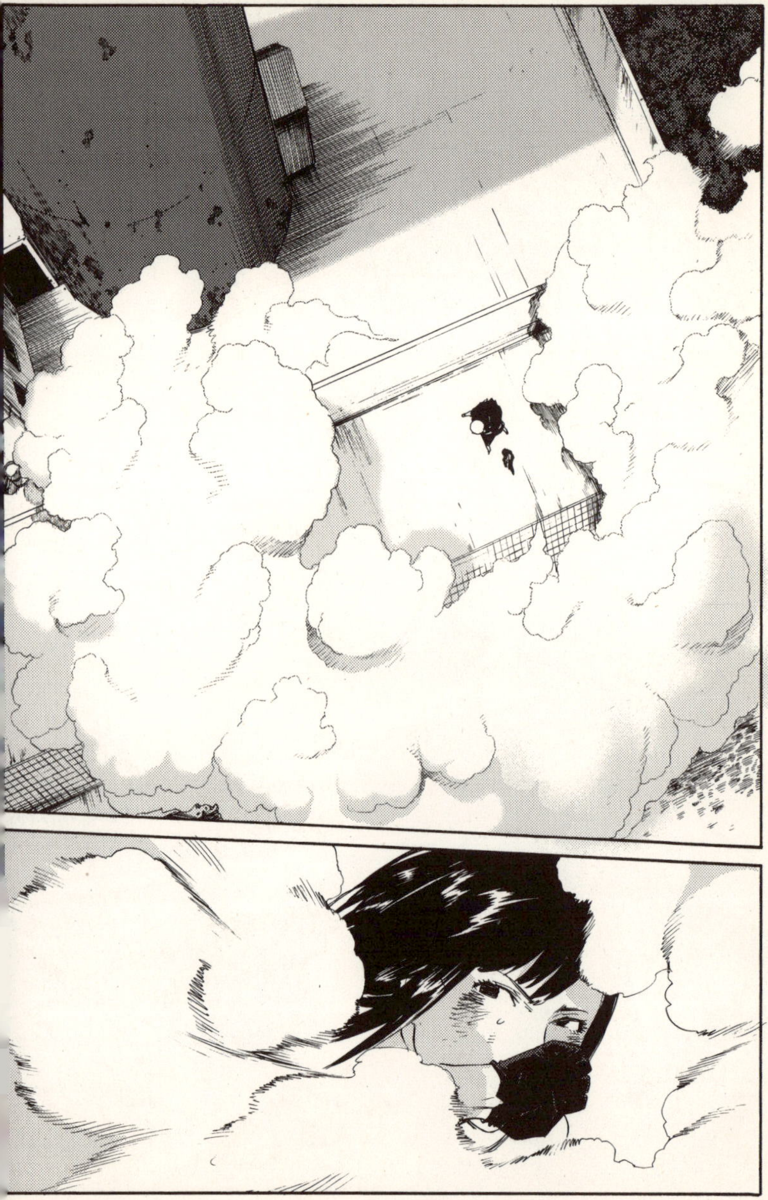

Kapitel 51:
Das letzte Kalkül

Was ist das für ein Rauch da unten?

...

Uah...

Uh...!

! フラッ‥

Muhm...

ド
ボ
ン

ド
ボ
ー
ン

Wo ist diese Schlampe?

… vor unserem Ziel.

Wir sind so kurz…

Das kann nicht sein!

Nein…!

Die Zeit naht! Verbinde mich mit dem Premierminister!

Jawohl!

Du!

Pah… Ich habe immer noch die Bombe!

Die können mir nichts…

Was...?!

Wie... ist sie hierher gelangt?!

Kanou!
Bleib, wo du bist!
Tu ja nichts Unüberlegtes!
!
Wahrscheinlich weißt du es bereits...
パチン
In Tokyo ist eine Kernwaffe versteckt...
Eine höchst heikle Situation... Oh ja...
パチン
Sollten du oder die Zentralregierung mich provozieren...
...!

... wird es...

... Ka-wumm machen.

Das bedeutet, dass Tokyo in Schutt und Asche gelegt wird.

Die Zeitschaltung ist so eingestellt, dass sie um sechs Uhr auslöst...

Wenn die Zentralregierung bis dahin nicht auf unsere Forderung eingeht... werde ich die Uhr nicht anhalten.

...

Und nicht nur das. Ich habe mich doppelt und dreifach abgesichert.

Und nicht, dass ihr auf falsche Gedanken kommt.

Man versucht immer, den besten Weg zu finden, nicht?

Ich bin ja nicht lebensmüde.

Sollte dieser Koffergriff aus meiner Hand gleiten, wird die Bombe ebenfalls hochgehen.

Okay... Freuen wir uns doch auf eine positive Antwort...

Herr Kanou!

So nah... Und ich kann nichts tun!

Verdammt!

Es ist so weit. Sie können jetzt mit dem Premierminister sprechen!

Das Parlamentsgebäude
Unterhaus-Nebengebäude

Kanou für den Premierminister!

Wir sind gesprächsbereit.

Die Verbindung wird hergestellt!

Okay... Lasst uns starten.

Bleiben Sie konsequent.

Kurata, tun wir wirklich das Richtige...?

So wie abgesprochen.

...

Herr Premierminister? Hören Sie mich?

Aaaah. Aaaah.

Hüstel

... Hallo?

FIEP

Haharch! Da sind Sie ja! Juchha!

!

Ja. Ich höre Sie...

Na dann... Machen wir es kurz.

Akzeptieren Sie die Unabhängigkeit von Touhoku?

Ja oder nein...?

Aah...

Herr Mitamura!

Du hast Kanou gefunden. Ich habe es mitbekommen.

...

Was sagen Sie da...?

Die japanische Regierung...

... kann dies nicht ohne Weiteres anerkennen.

Hey, hey, hey, hey, heeeeey!

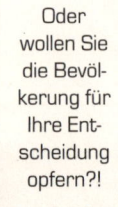

Sie können das doch unmöglich ernst meinen?

Was glauben Sie, wie lange ich gewartet habe?!

Oder wollen Sie die Bevölkerung für Ihre Entscheidung opfern?!

Haben Sie es nicht gerafft?! Ganz Tokyo fliegt in die Luft!

... Ihnen einen Gegenvorschlag machen.

Einen Vorschlag ...?!

Die Bevölkerung darf natürlich nicht zu Schaden kommen... Daher wollen wir...

Wir werden Ihnen einen Posten als Direktor einer unabhängigen gemeinnützigen Körperschaft anbieten.
Einer Körperschaft, die für die Administration der Touhoku-Region zuständig sein wird...
Seien Sie versichert, dass Sie über die wesentlichen Kompetenzen verfügen werden.
Faktisch werden Sie damit unserer Regierung gleichgestellt und wir glauben, dass Sie so Ihre Politik betreiben könnten...
Kch! Kch! Kchhh!
Versucht ihr etwa, so Zeit zu gewinnen ?!
Ihr wollt uns wohl verarschen...
Wann habe ich davon gesprochen, dass wir Politikspielchen unter eurer Herrschaft treiben wollen?
Was wir verlangen, ist die vollständige Unabhängigkeit Touhokus! Etwas anderes akzeptieren wir nicht!!!
Mist...
Wir geben euch noch zehn Minuten, also überlegt es euch gut!

Er versucht sich dadurch als unberechenbar zu verkaufen...

Dieser Kanoa... Sein Wataausbruch ist höchstwahrscheinlich nur vorgetäuscht.

Herr Mitamura, bitte um Anweisungen!

Bleib in Bereitschaft...!

Uns bleibt kein anderer Weg, als doch die Unabhängigkei anzuerkennen...
Das können wir nicht tun.
Wir haben bereits genug Probleme mit unseren Nachbarländern...
Nicht auszudenken, wohin eine nationale Zersplitterung führen könnte...!
Ich hatte doch schon immer gesagt, dass man mit dem Budget für die Überwachung Touhokus nicht geizen solle!
Warum hat der Staatsschutz nicht früher eingegriffen?
Wären Sie Ihren Pflichten besser nachgekommen...!
Das sagen Sie...?!
Wenn Sie mich fragen, lassen die Untersuchungen des Kabinettbüros sehr zu wünschen übrig, wenn man sieht, was Ihnen alles entgangen ist!
ポン
Können Sie mich mit Kanou und Kyoko parallel verbinden?
Bitte ...?

Tun Sie's.

Aber...

So... Sofort...

ゾク...

Hach... Dieser Blick...

Du... In dir fließt Oni-Blut, stimmt's?

Das erklärt deine Kraft.

Aber deine Augen... Wie verdorben sie sind...

Du hast die Wildheit verloren. Die Augen eines Onis, der gezähmt wurde.

....!

Ich sehe in ihnen keine Ideologie.

Keinen Funken Erhabenheit.

Du kennst nur noch Freude am sinnlosen Töten, stimmt doch?!

?!

Zieh deine Waffe.

Kyoko.

Äh... Könnt ihr mich hören?

Wer ist da?!

Richte die Waffe auf Kanou.

Herr Mitamura!

Was... um Himmelswillen tun Sie da?!

Kapitel 52:
Der wahre Kanou

Mita-mura...?

Herr Mita-mura...

Was meinen Sie damit?!

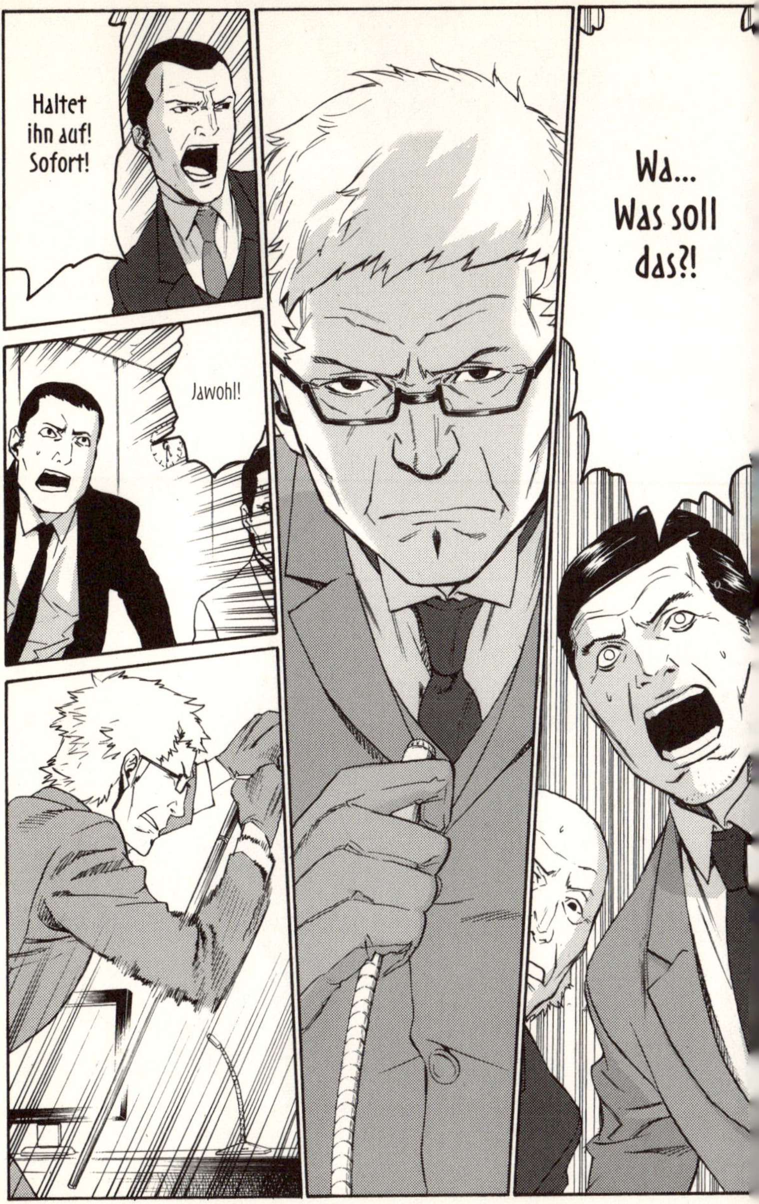
Wa...
Was soll
das?!
Haltet
ihn auf!
Sofort!
Jawohl!

ガリ

！

カラン

!
Sind Sie noch bei Sinnen?!
Sie setzen Millionen Menschenleben aufs Spiel!
Sie als einfache Polizist wagen es...
Polizist ...?
Ich muss Sie alle bitten, sich nicht zu rühren!

Reden Sie keinen Quatsch! Polizisten haben hier gar nichts zu sagen!

Ich bin so frei... ... das Kommando zu übernehmen.

Ich habe die ganze Zeit nach einem Ausweg aus dieser Situation gesucht.

!

Es geht hier nicht um politische Strategie, wir haben es hier mit einem Verbrechen zu tan.

Und ob, Generalsekretär Kurata. Und ob...

Wer bist du überhaupt?! Tauchst auf einmal auf und gibst Anweisungen?! Verzieh dich!

Einem Ausweg...?

Herr Mita-mura...!	A... Aber...

Ziel auf Kanou...

Kyoko.

Willst du, dass ich Tokyo in die Luft sprenge?!

He! Hörst du mir zu?!

Bitte.

...

Was?

Tun Sie's doch.

Zünden Sie ruhig die Bombe...

ドン

Bei dem
ist wohl 'ne
Schraube
locker...
Wir reden
hier über 'ne
Atombombe
...!
Was
ist?
Tun Sie's,
wenn Sie es
können.

Halt dich raus! Du hast hier nichts zu sagen!
Hol den Premierminister an den Apparat!
Mitamura! Geben Sie die Leitung frei!
Die Regierung hat ihre eigene Strategie, um die Probleme zu lösen!
Strategie...? Sie meinen die ungeheuer verlockenden Gegenvorschläge?
Die können Sie sich in den Arsch stecken.
Wie bitte ...?!
So, Kyoko. Der Zeitpunkt ist endlich gekommen. Erledige Kanou.
Die Gründung des Oni-Reichs dürfen wir nicht zulassen...

Was...?!

?!

...

Keine Sorge.

Es wird keine Kernexplosion in Tokyo geben!

KCH
HA HA
HA
HA HA!

Pah!

Woher wollen Sie das wissen, Mitamura...?

Hiiii! Hi hi hi hi ha ha ha ha!!!

Glaubst du denn, ich mach das hier aus Spaß an der Freude, oder was?!

Haaa haaa hach...!

Wie kommst du denn jetzt darauf...?

Sogar ihr Schwachköpfe müsstet es schon gerafft haben...

Über euren Köpfen fliegt eine Atombombe mit circa fünf Kilotonnen Sprengkraft!

Genau. Sie machen das alles nicht aus Spaß an der Freude.
Sie sind gerissen. Einer, der auf alles gefasst ist und vor nichts zurückschreckt. Doch tatsächlich haben Sie alles genauestens kalkuliert...
Sie denken immer ein, zwei Schritte voraus und streuen täuschende Hinweise für später. So einer sind Sie.
Was erzählt denn der...? Der ist ja völlig meschugge!
Auch ich bin auf Sie reingefallen.
Der Mann aus der Energiebehörde, der aus demselben Dorf stammt wie Sie...
Das ferngesteuerte Flugzeug...
Das verschwundene Plutonium...
... alles hervorragende Beweise.

Als ob Sie darauf aus sind, uns die Furcht vor der Nuklearwaffe einzuprägen.
Ja, ich bin eben ein cleveres Kerlchen.
Aber zugleich haben Sie uns die ganze Zeit...
... Ihren »Wahn« vorgespielt!
Sie sollten unberechenbar wirken. Wie jemand, »der zu allem fähig ist«...
Eine gute Taktik, um Ihr Gegenüber zu verunsichern.
ギリッ
Ich hab so langsam dein Gerede satt...!

Genuuuuug geplaudert! Ich will den Premier-minister sprecheeeeen!!!
Ihr habt nur noch 30 Minuten! Entscheidet euch endlich! Das tödliche Feuerwerk oder Touhokus Unabhängigkeit! Entweder oder, sonst nichts, klar?!
He... hey...
Ich sagte doch schon.
Tun Sie es ruhig.

Genau... Sie wollen ein Reich gründen.

Ich habe hier vor, ein Reich zu gründen...

Mit dir kann man ja nicht reden.

Daher müsste Ihnen auch bewusst sein, was Sie dabei aufs Spiel setzen.

Nicht wahr?

Das würden Sie niemals riskieren.

Sollten Sie tatsächlich mitten in Japan eine Bombe hochgehen lassen...

... kann man die Folgen klar ausmalen.

Sie müssten sich der internationalen Kritik und Sanktionen stellen.

Ein echter Wahnsinniger hätte es niemals so weit nach oben geschafft...

Vermutlich haben Sie lange Zeit allen ihren Irrsinn vorgespielt, nur für diesen heutigen Tag.

Aber tatsächlich haben Sie mehr als jeder andere Ihre Lage mit ruhigem Blick beobachtet und analysiert, um aufzusteigen...

Sie als ein einfacher, namenloser Mann aus Touhoku...

So schätze ich Sie in Wahrheit ein.

Tatsuya Kanou.

Hab ich nicht Recht?

Warum beharren Sie immer wieder auf der **Existenz** der Bombe?

Ich spreche lediglich davon, dass sie **nicht explodieren** wird.

Hmm. Gut beobachtet...

Aber die Bombe gibt es tatsächlich.

Die Bombe?

Mal ehrlich. Haben Sie sie tatsächlich?

Kyoko.

Schalte ihn aus.

ICH SAGTE DOCH, DASS ES DIE GIIIIBT!!!

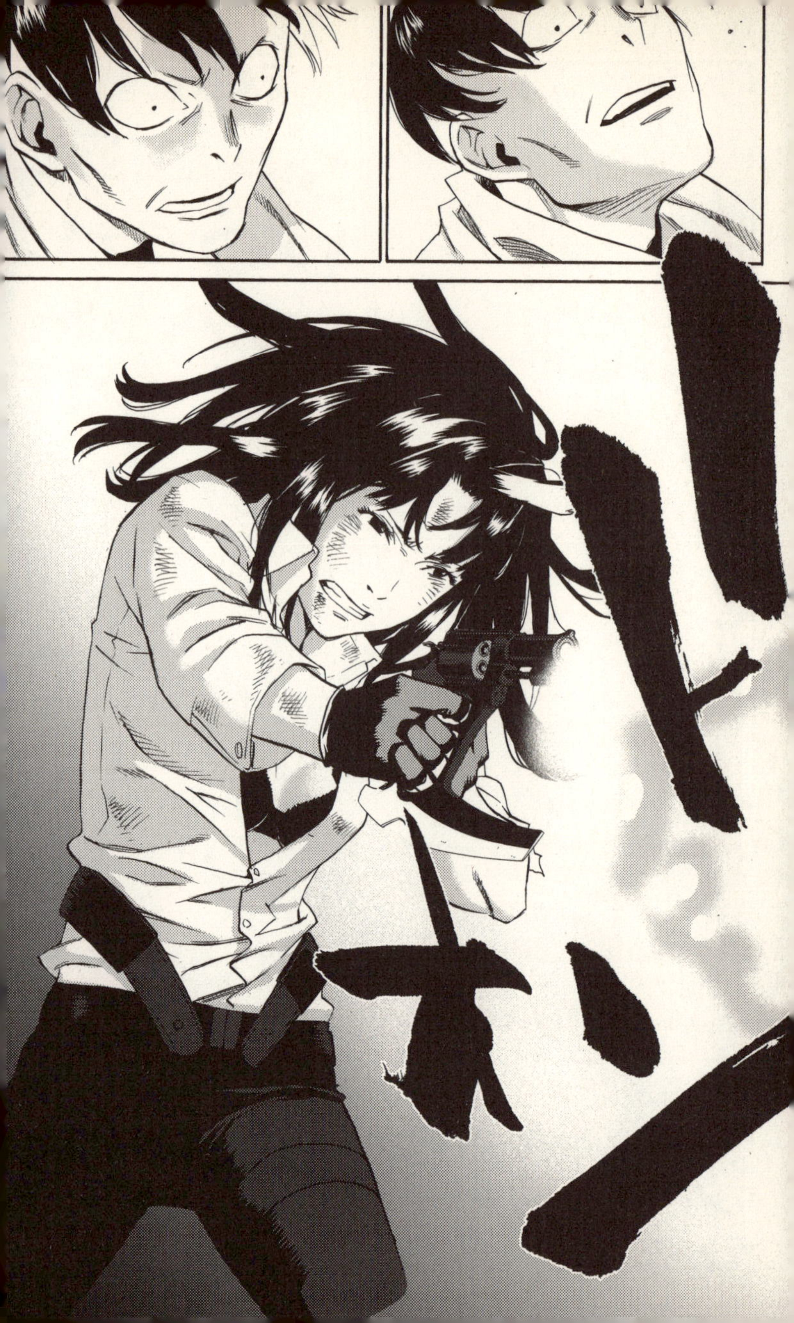

KYOKO KARASUMA Detective of the Asakusa Police Department

KYOKO KARASUMA Detective of the Asakusa Police Department

Kapitel 53:
A dead end

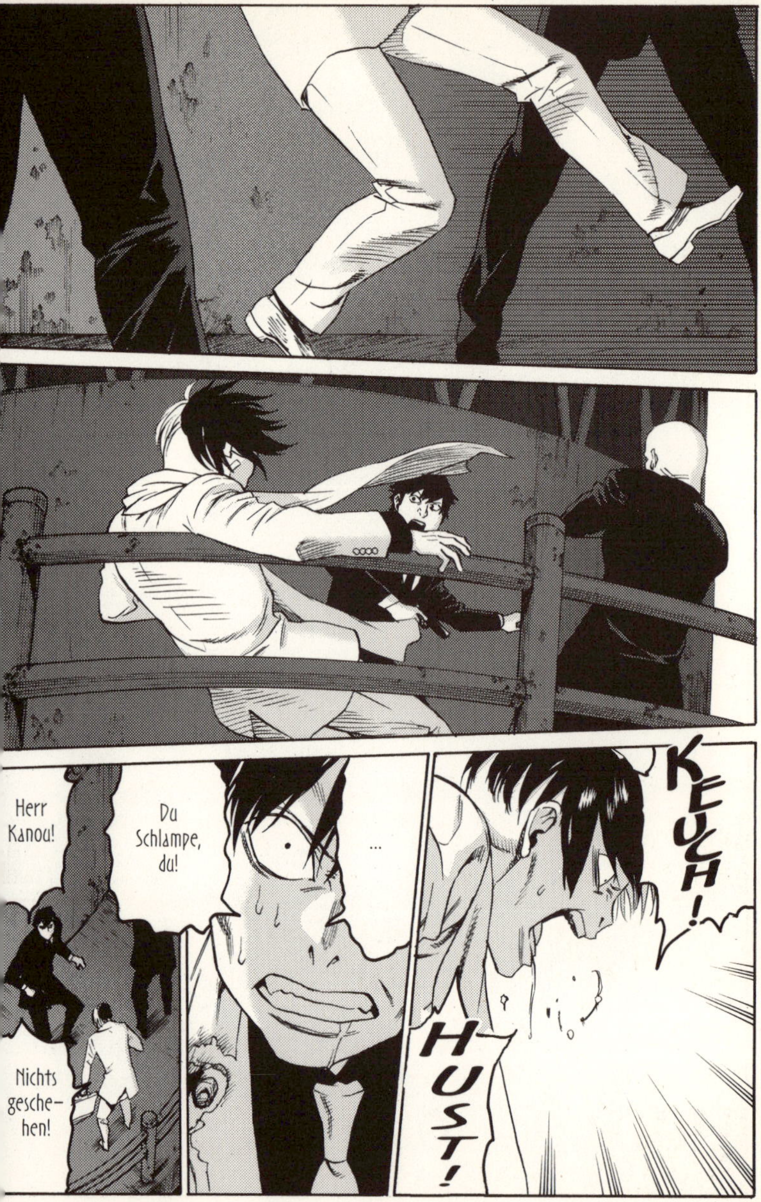
KEUCH!
...
Du Schlampe, du!
Herr Kanou!
Nichts geschehen!
HUST!

Eine kugelsichere Weste...!

Mist!

Lasst das!

Herr Kanou! Wir erledigen dieses Weib!

Ihr könnt sie nicht töten... Die weicht sogar Kugeln aus...

Die... ist ein Oni erster Klasse.

Kch...!

Hach... Hach...

Kyoko. Beim nächsten Mal zielst du auf seinen Kopf.

Huff!

Huff!

Macht dir das denn gar nichts aus?!

Du...

?

Dieser Typ eben... Mitamura... So hieß er doch.

Er hat dich aufgezogen, stimmt's?

Ich hab's sofort erkannt...

Deine Motive sind weder Moral noch Pflichtbewusstsein.

Du bildest dir nur ein, dass es allein unter seiner Obhut einen Platz für dich gibt.

Du weißt nicht einmal, was Freiheit bedeutet.

Töte ihn.

Kyoko!

Hör nicht auf Kanou.

Kyoko.

Scheiiiiße... So karz vorm Ziel ...!

Ich muss hier irgendwie rauskommen!

Ich habe keine andere Wahl !!!......

Scheiße!!!
Scheiße!!!

Scheiße!
Scheiße!

Es geht nicht mehr anders.

00:16:05

?!

Ich will euch alle nicht mehr sprechen.

Genug palavert.

Dich, der mich grundlos überbewertet...

Den Taugenichts von Premierminister...

Verschwindet.

Soll die Bombe euch niederbrennen.

Alle miteinander.

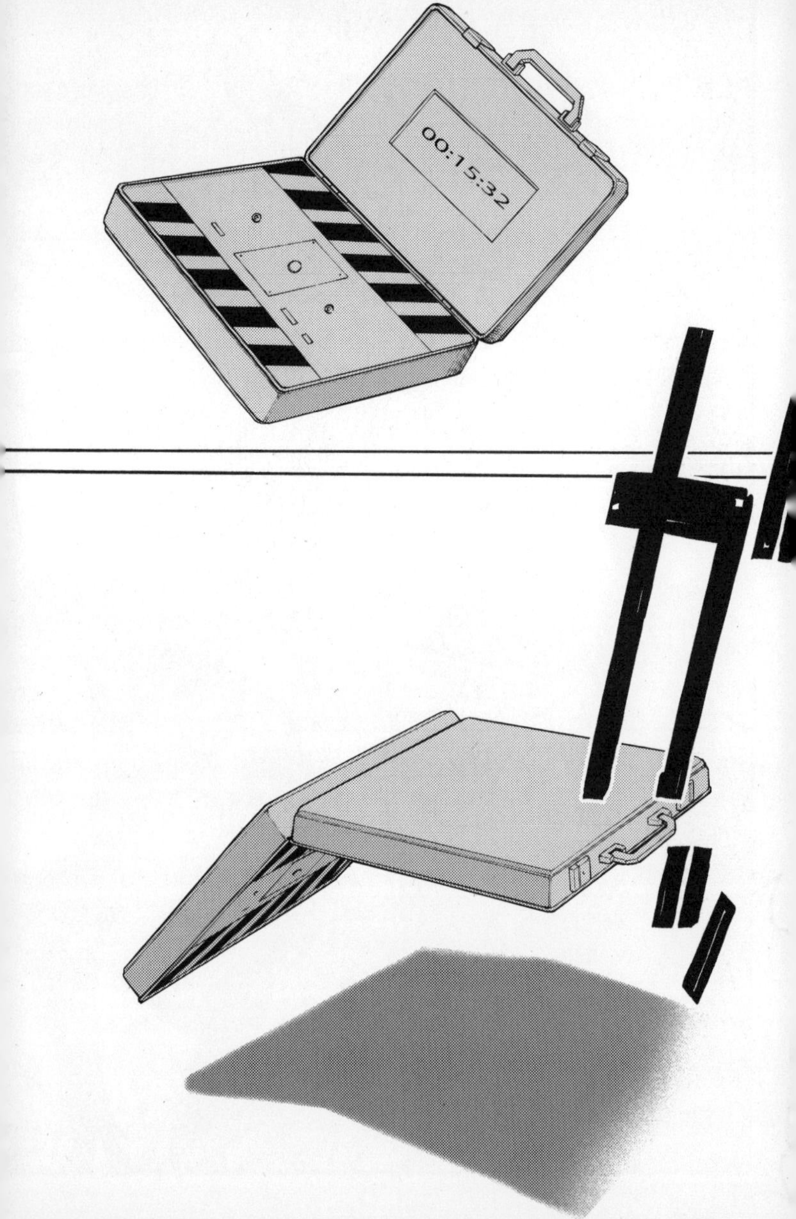
00:15:32

| Herr Mita...! | Kyo... |

| Was...? | ... |

Ant-worten Sie mir!!! Herr Mita-mura!

Unsere Verhandlungen sind gescheitert...!

Zwecklos.

Soeben ging alles zu Grunde!

Du... du lügst!
Sag mir, was du getan hast!
Die Bombe hochgejagt...
150 Meter über dem Stadtteil Kasumigaseki...
Was wohl aus diesem Mitamura geworden ist...?
Verreckt ist der! Was sonst!
Ha ha!
Aha ha ha!
Nein...
Herr Mitamura...

...

Die ist vorerst ausgeschaltet. So schnell wird sie ihren Kampfgeist nicht wiederfinden.

Meine spontane Entscheidung war richtig...

Sie war psychisch völlig abhängig von diesem Mitamura...

Wie ich es mir gedacht hatte...

Ich lebe als Mensch für die Oni...

Das nennt man Ironie des Schicksals, was?

Und du lebst als Oni wie ein Mensch...

... wäre ich lieber als Oni auf die Welt gekommen.

Hach... Hätte ich die Wahl gehabt...

... dann leb gefälligst wie einer!

Wenn du schon ein Oni bist...

Los! Wir müssen hier räumen!
Ihre Unterstützung wird bald hier sein! Beeilt euch!
Scheiße... Dass die Sache so enden musste...
Was ...?
Alles, was wir uns aufgebaut haben, war für die Katz...! Alles!!!
Aber ich gebe nicht auf!
Es wird dauern, aber ich fange noch einmal von vorne an...

So schnell werde ich keine Unterstützung mehr von den Unternehmen aus Toahoka erwarten können...

Ja, Kyoto...

Was soll ich tun...?

Kyoto...

Wenn ich mich mit den Oni und den Firmen in Kyoto verbünden könnte...

Dann müsste das machbar sein... Das nächste Mal...

Nächstes Mal werde ich aus Toahoka...

... ein wunderbares Reich machen...

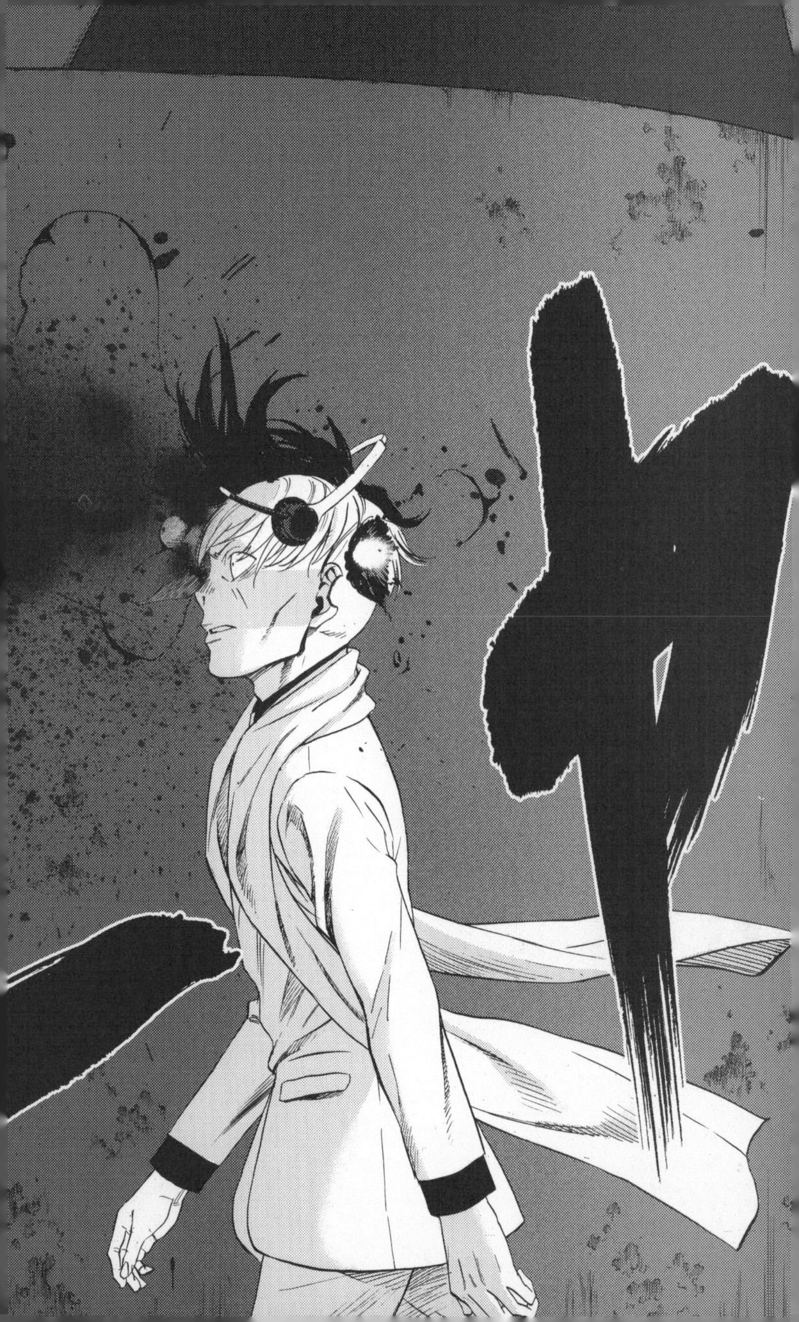

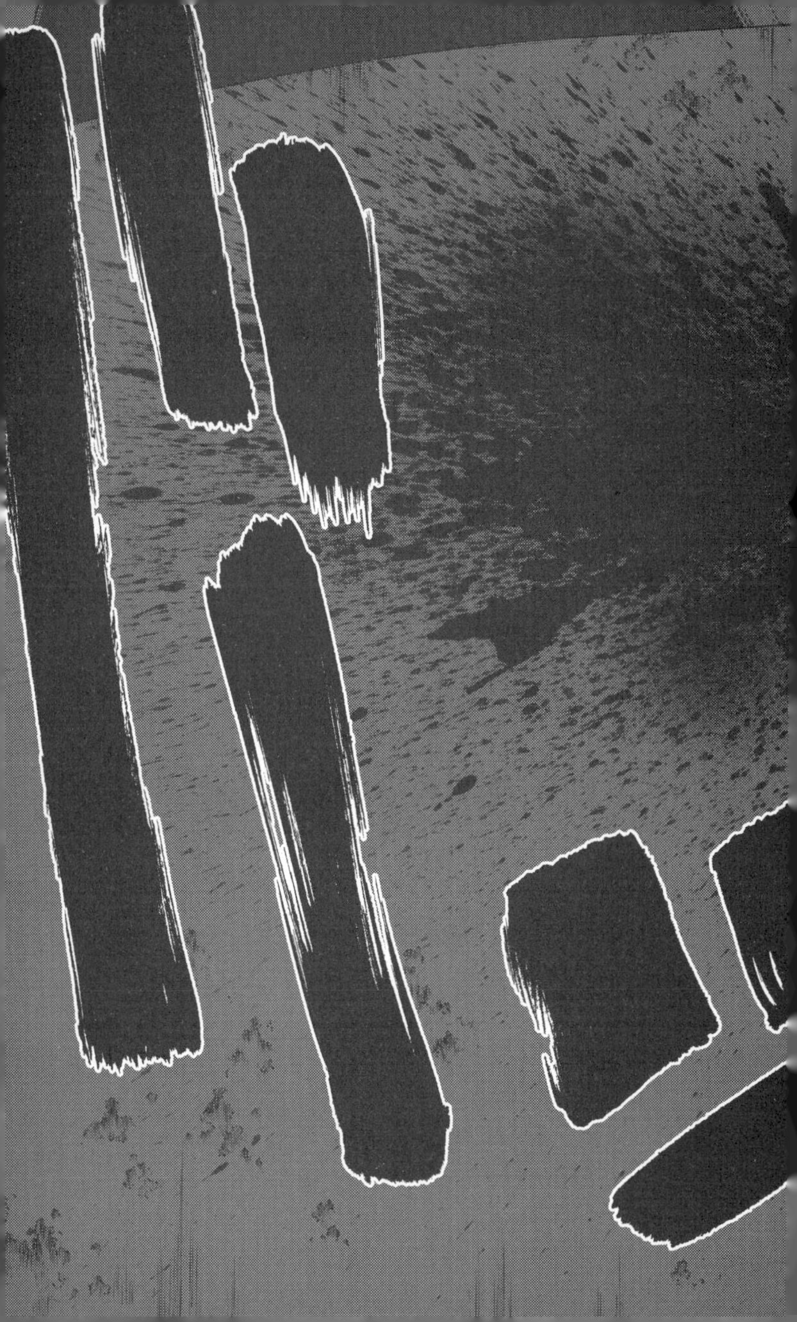

Mhm...

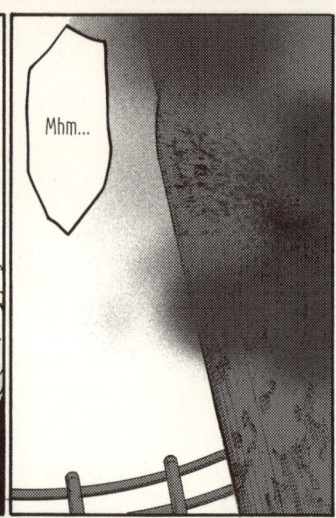

Habe Kanou außer Gefecht gesetzt.

Hier Katsuragi am Süd-turm.

Es war Mitamuras An-weisung, Kanou zu erschießen, falls Detective Karasuma scheitert...

Hier Yamada an der Nord-seite.

Ob das wirklich richtig war...?

Wir kriegen immer noch keine Verbindung zur Regierung hergestellt... Auch die anderen Netze sind überlastet.

Ich weiß es nicht...

Herr Mitamura hat das zwar gesagt, aber... Meinst du wirklich...

Was wohl aus Tokyo geworden ist...?

Wir sollten Detective Karasuma mitnehmen.

Hast Recht... Lass uns erst einmal zum Revier der Präfekturpolizei gehen.

Bis wir die Lage erfasst haben, sollten wir uns nicht bewegen...

In der Zentrale herrscht bestimmt Chaos.

Du warst wie ein Oni...

Bist du tot...?

Dabei bist du ein Mensch...

Ein wenig...

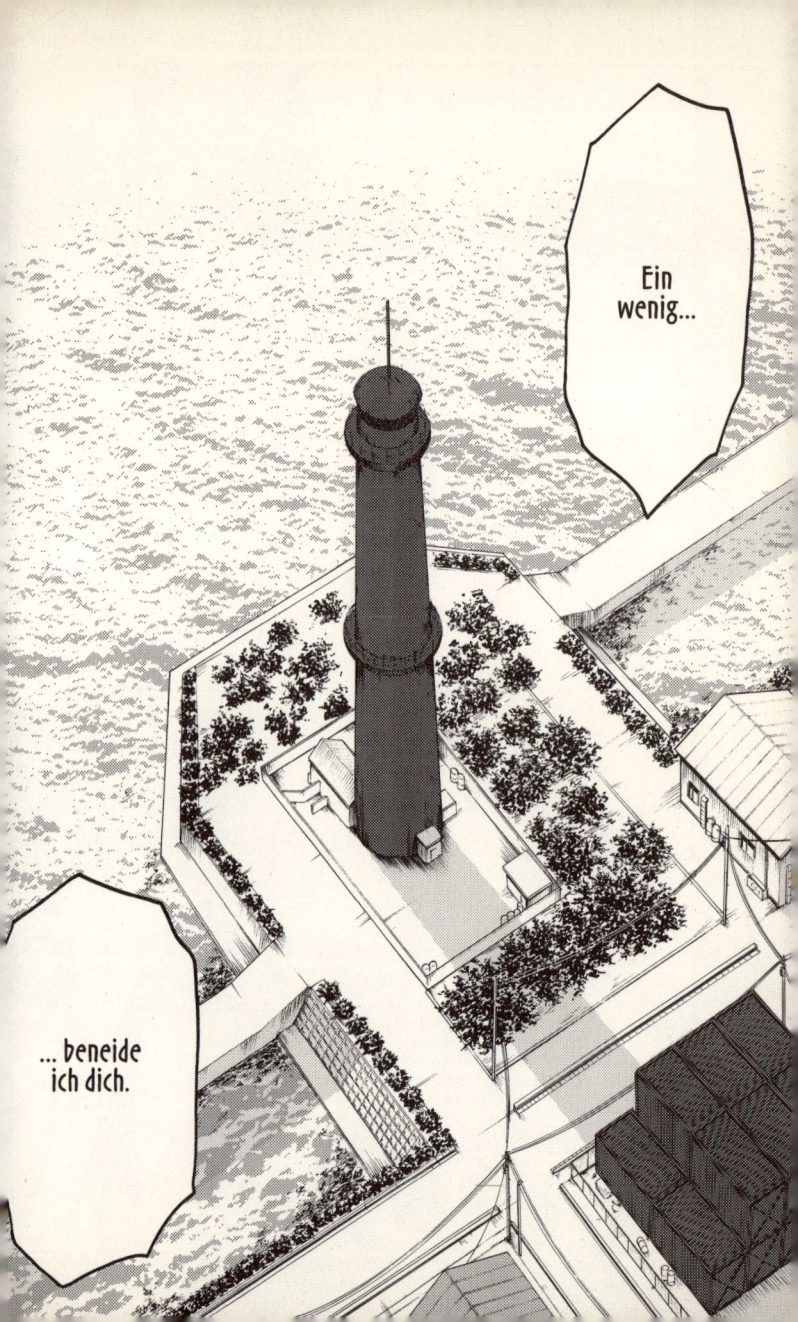

... beneide ich dich.

Kapitel 54:
Der Tag nach der Revolution

156

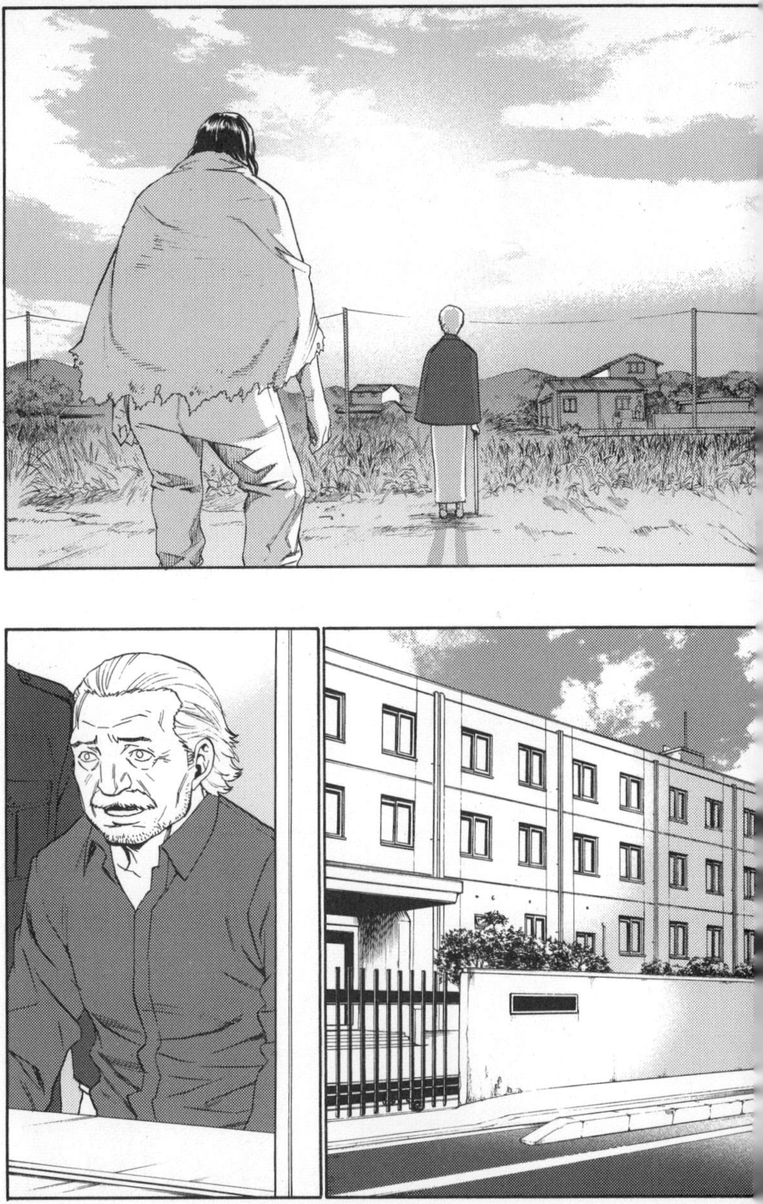

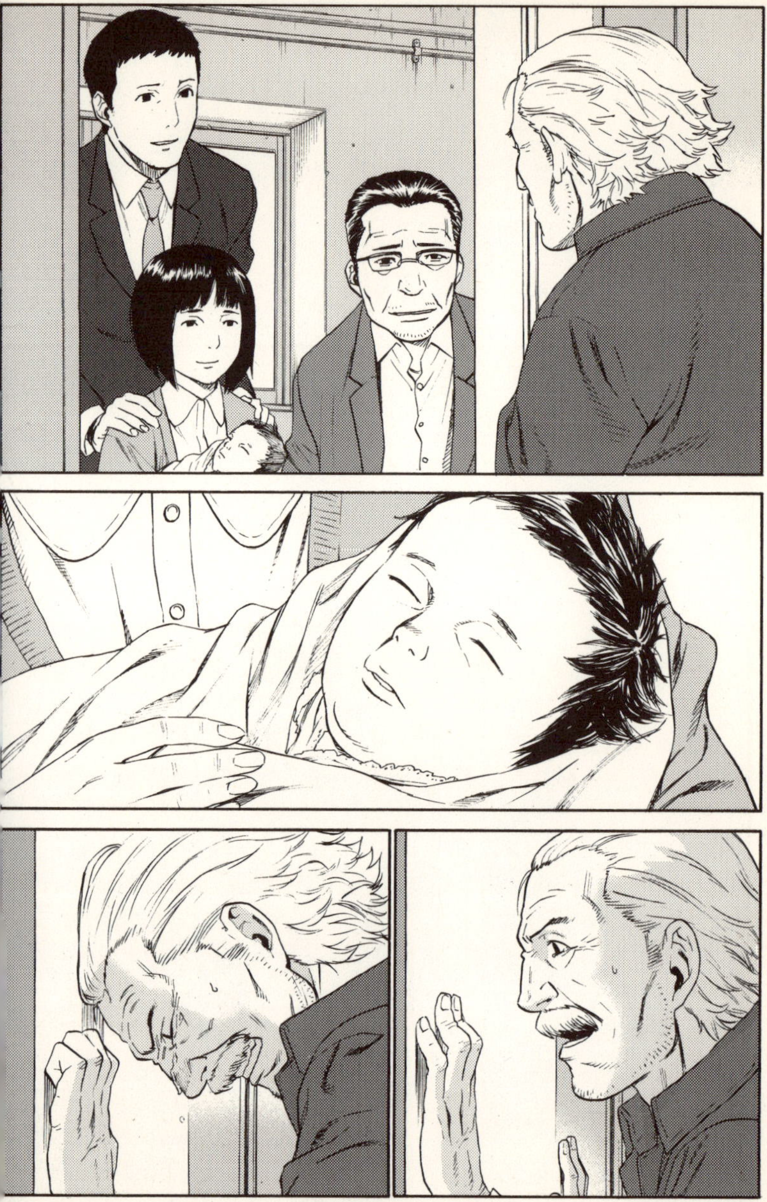

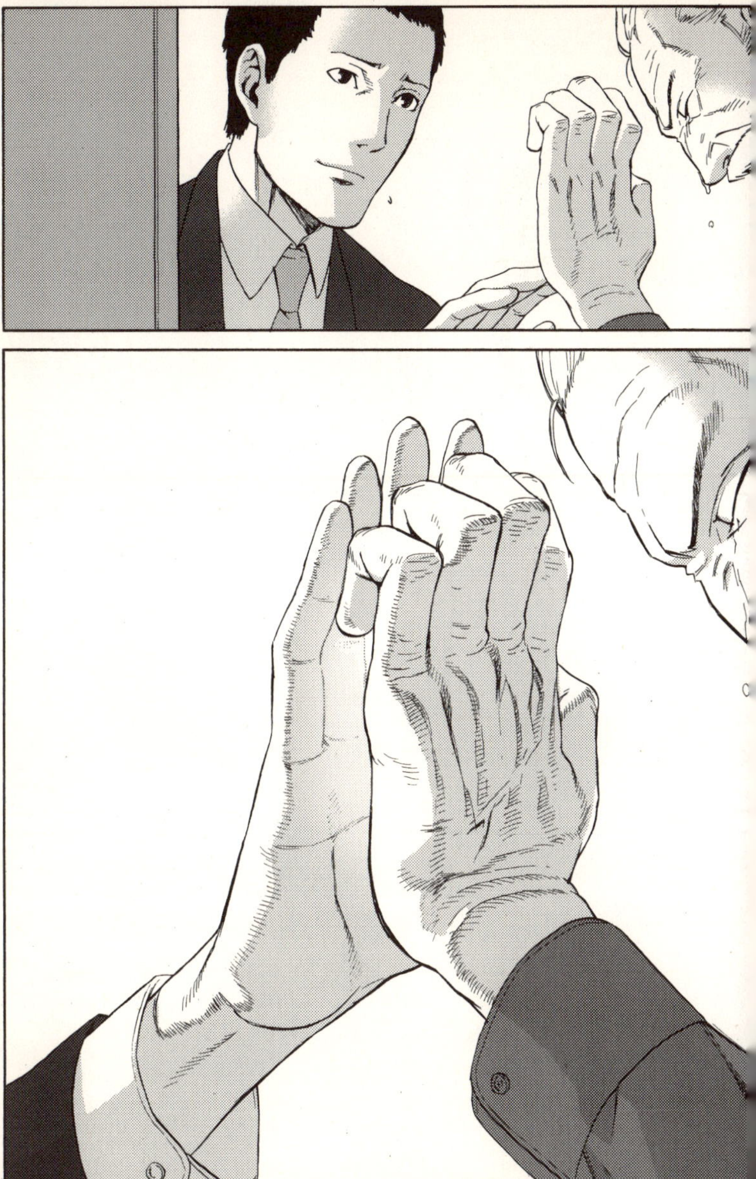

Eine Woche später...

Was du nicht sagst... Eine EMP-Waffe* war dort also an Bord...

Kanou hatte wohl für den Fall einer misslungenen Verhandlung als letztes Druckmittel die Zertörung aller Kommunikationsmittel vorbereitet.

Ja.

Wie auch immer, Mitamura, du bist der Held, der dieses Land gerettet hat.

Seine Inszenierung, das Flugzeug direkt in das Parlamentsgebäude stürzen zu lassen, war auch sehr eindrucksvoll.

EMP = Elektromagnetischer Puls

Und als Dank dafür wirft man mich wegen Verstoßes gegen die Amtspflicht in den Knast?
Ach... Du kannst von Glück reden, dass man dir nicht mehr angehängt hat. Man war großzügig zu dir.
Wie du meinst... Dann werde ich die Strafe dankend absitzen.
ギッ…
Und wie will die Regierung nun vorgehen?
Hmm. Man wird mit der Gründung einer neuen Regierung beginnen.
Nach der Parlamentsauflösung kürzlich wird man viel Kraft in die Neuwahlen stecken.

Kurata...

Na ja. Aber der Sieg der Demokratisch Liberalen Partei ist so gut wie sicher.

Und der nächste aussichtsvolle Kandidat für den Vorsitzenden der Demokratisch Liberalen Partei ist...

Genau. Er gilt als der Hardliner seiner Partei.

Gegenwärtig überragt er alle an Popularität, Beziehungen und Führungsstärke.

Obendrein ist er derjenige, der die Beseitigung von Abnormitäten am stärksten vorantreibt...

Er hat es bereits geschafft, die Organisationen der Oni in der Kantou- und Touhoku-Region zu zerschlagen...

Es bleibt also noch...

Als Nächstes wäre wohl Kansai* dran.

カチャッ

Ja...

Sie ist verschollen.

Ach, Mizutani. Wie geht es Kyoko?

*Kansai = Westliches Japan um Kyoto/Osa

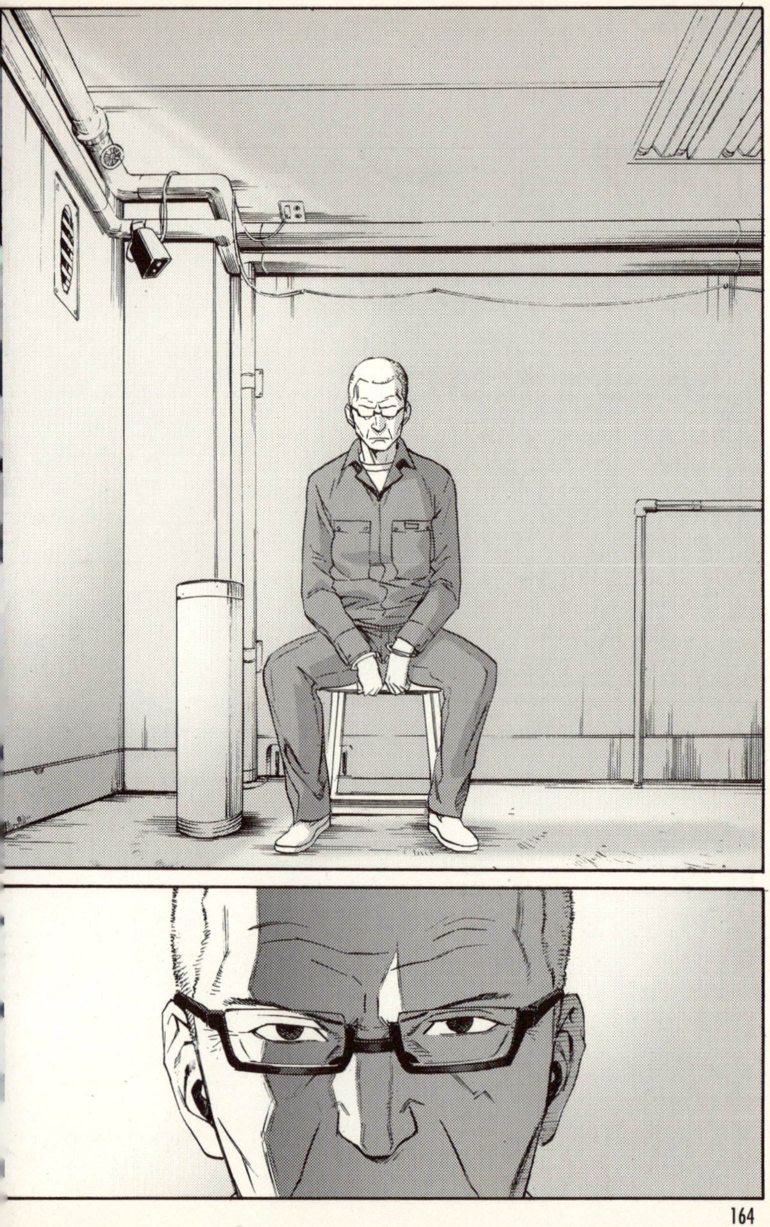

Ja...

Bis zum Polizeirevier waren wir noch zusammen...

Aber als wir sie für einen kurzen Moment allein ließen, war sie verschwunden.

Selbstverständlich fahndeten wir nach ihr. Sie war schließlich in diese Sache sehr tief involviert.

Hmm...

... fließt doch Oni-Blut, auch wenn es nicht allgemein bekannt ist? Kann es nicht sein, dass sie zu den Oni übergelaufen ist?

In ihr...

Nun...

Mit ihrer labilen Psyche hätte sie es so oder so nicht weit gebracht...

Es ist wohl kein Geheimnis mehr. Karasuma ist tatsächlich ein Nachkomme der Oni.
Aber sie wurde von Kindesbeinen an durch Mitamura einem perfekten Umerziehungsprogramm unterzogen.
Dass sie sich auf einmal als Oni fühlt, halte ich für unwahrscheinlich.
Sie ist die Heldin in diesem Einsatz gewesen...
Hoffen wir, dass sie zurückkommt.
Hmpf.
Und was soll nun aus uns werden, Herr Shibata?
G... Genau...!
Von der O.O.O. sind nur noch wir übrig geblieben...

Das Ausmaß wird das vorherige weit übertreffen...

Es könnte zu einem großen Krieg kommen. Also seid darauf gefasst.

Aus verschiedenen Gründen können wir Mitamura keinen Kontakt aufnehmen. Doch von Miz... als seinem Ver... habe ich die An... sung, die O.C... neu zu gründ...

Tut mir leid, dass ich Sie allein ge-lassen habe...

Herr Kumano!

Hmm?

Von Kyoko fehlt weiterhin jede Spur...

Seufz...

Und Herr Mitamura ist nicht zu erreichen..

Oh... Wo haben Sie denn die Blume her...?

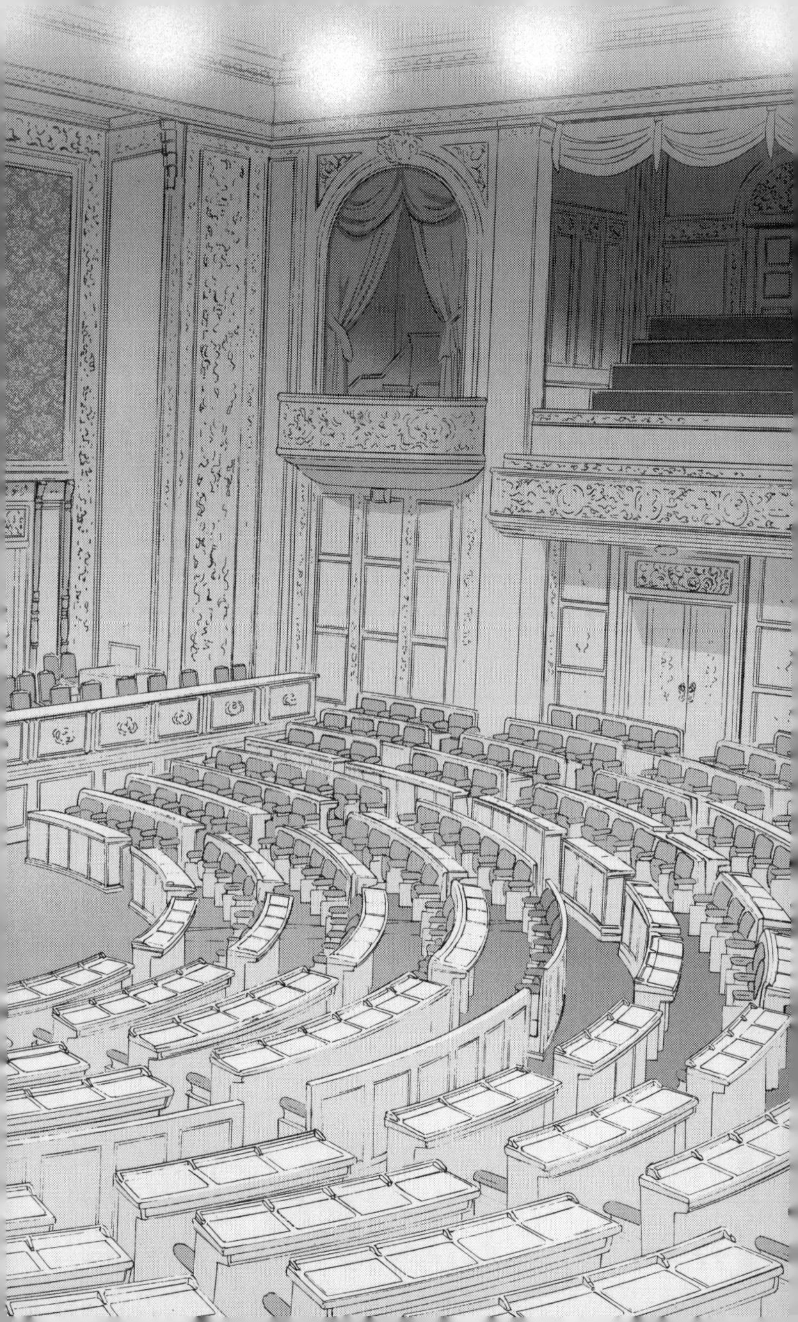

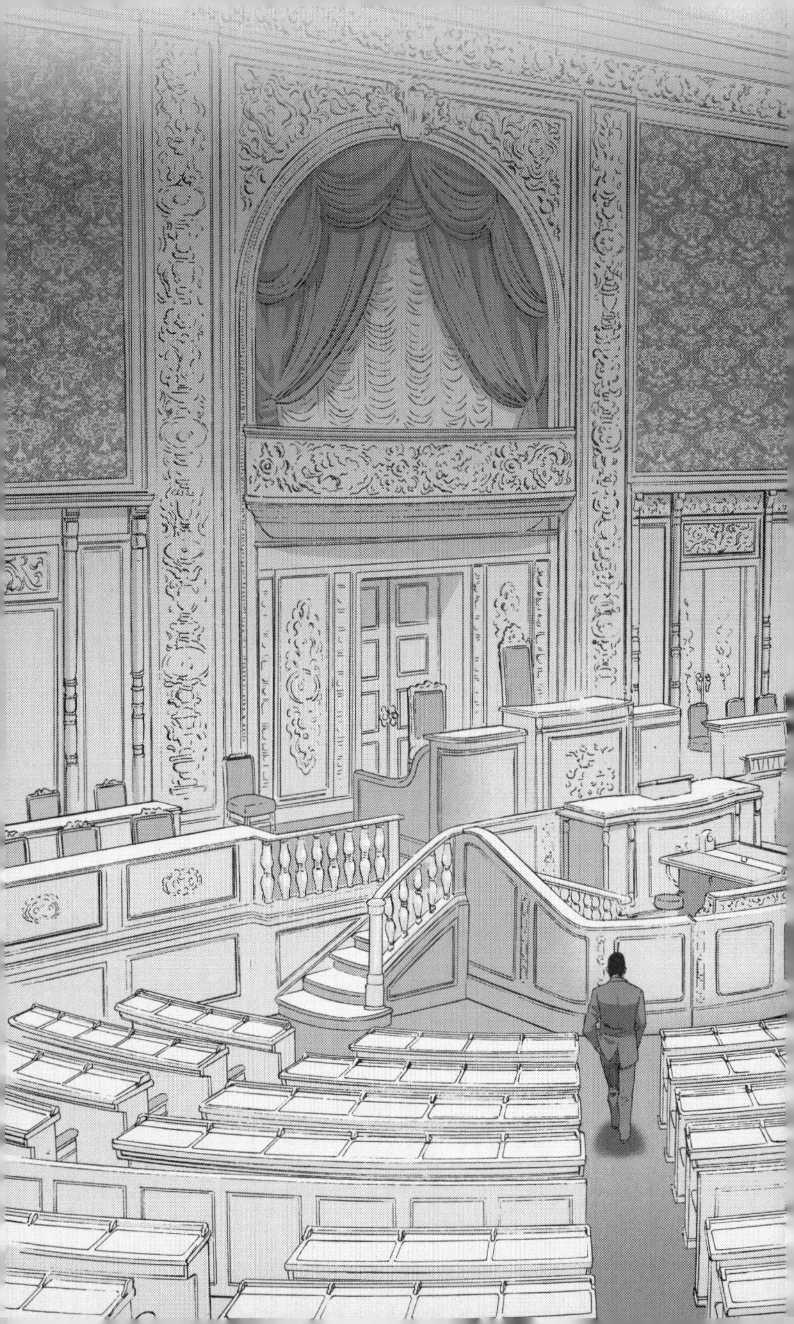

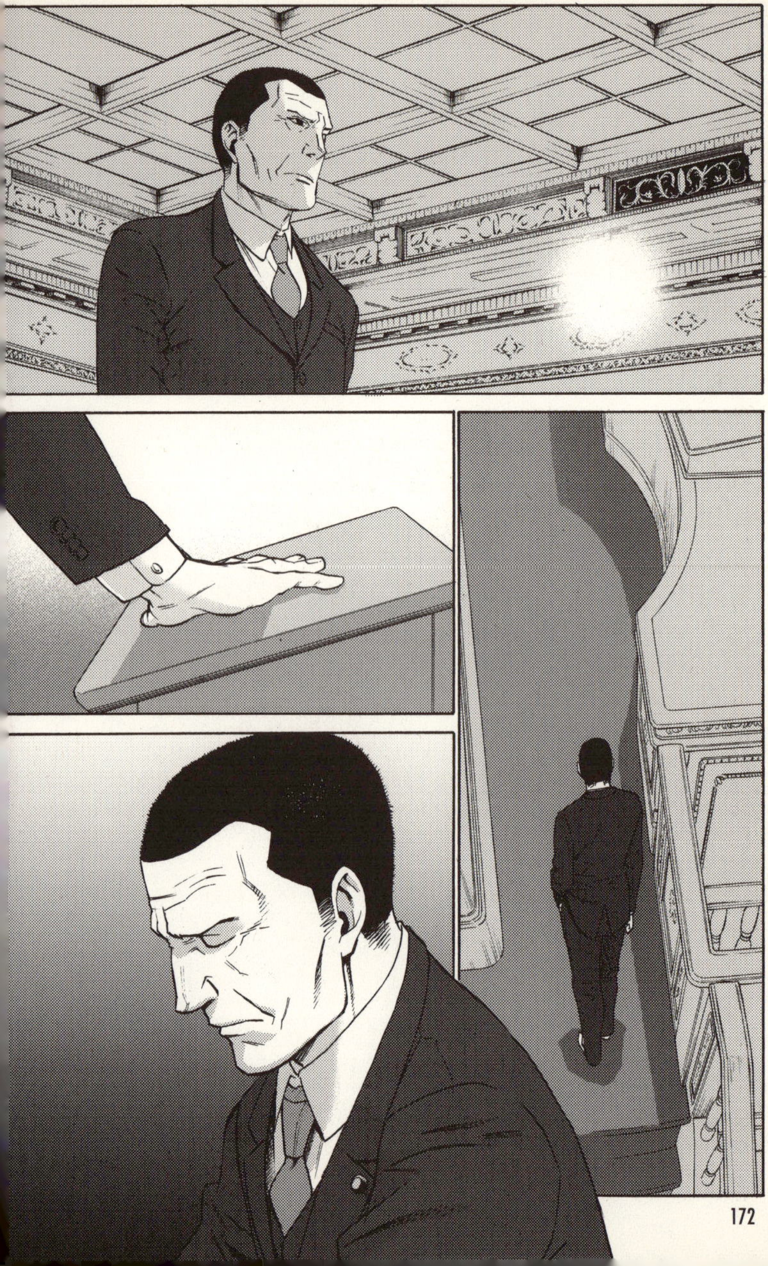

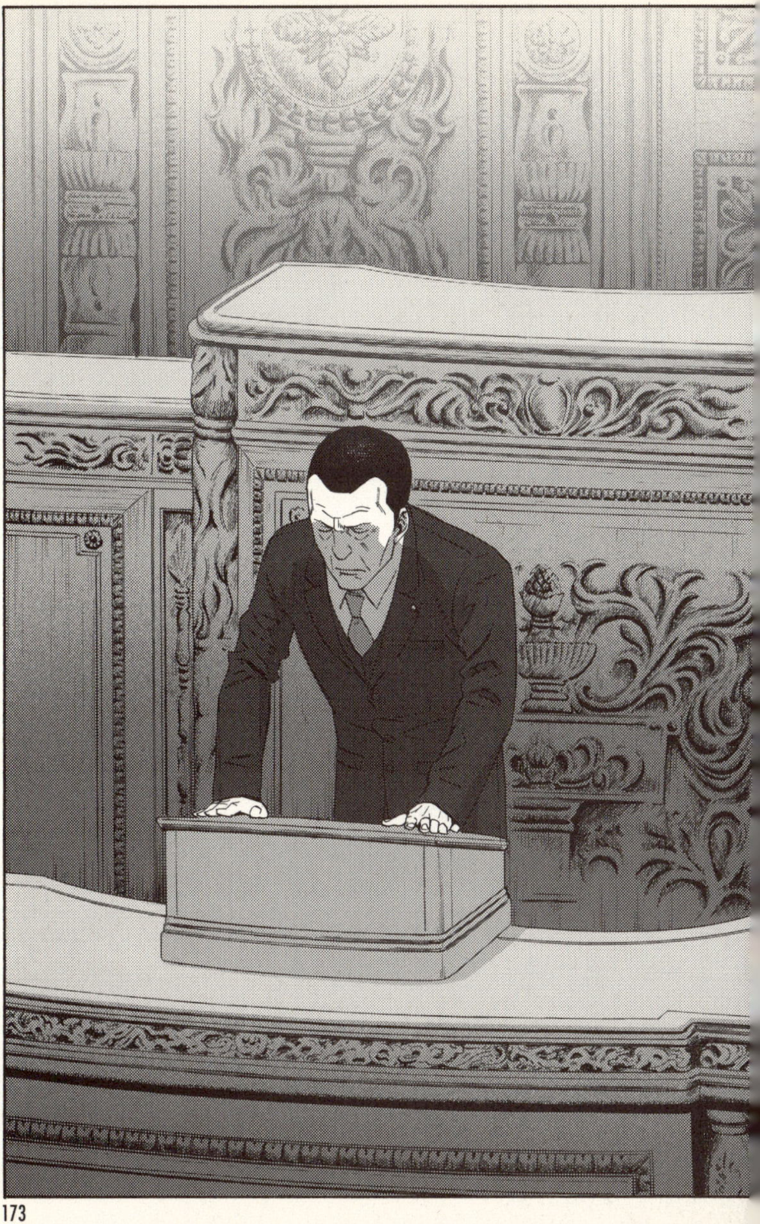

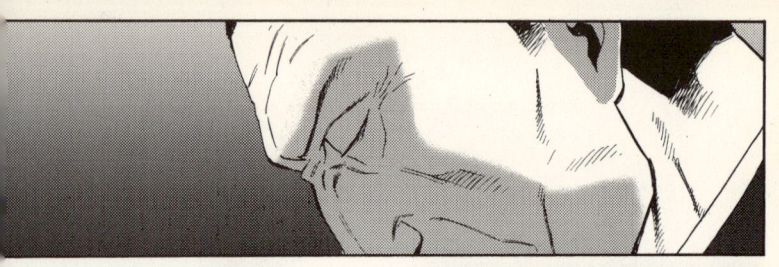

In diesem Land darf es nur eine Rasse geben.

Kyoko Karasuma
Detective of the Asakusa Police Department

Bisher erschienen: Bände 1-7

CARLSEN MANGA! NEWS
jeden Monat neu per E-Mail
www.carlsenmanga.de
www.carlsen.de

CARLSEN MANGA
Deutsche Ausgabe/German Edition
1 2 3 4   13 12 11 10
© Carlsen Verlag GmbH · Hamburg 2010
Aus dem Japanischen von Ilse Schäfer und Alwin Schäfer
Karasuma Kyoko No Jikenbo 7
© OHJI HIROI 2008
© YUSUKE KOZAKI 2008
Originally published in Japan in 2008 by GENTOSHA COMICS INC., Tokyo
German translation rights arranged with GENTOSHA COMICS INC., Tokyo
through TOHAN CORPORATION, Tokyo
Redaktion: Germann Bergmann
Textbearbeitung: Stefan Hartmann
Lettering: Nico Hübsch
Herstellung: Bettina Oguamanam
Druck und Bindung:
CPI – Ebner & Spiegel, Ulm
Alle deutschen Rechte vorbehalten
ISBN 978-3-551-78307-3
Printed in Germany

BEI CARLSEN MANGA!

LADY SNOWBLOOD

von Kazuo Koike & Kazuo Kamimura

Sie wurde aus einem einzigen Grund geboren: **um Rache zu nehmen!** Rache für den brutalen Überfall auf ihre Familie, die sie nie kennenlernte. Zur Welt gekommen im Gefängnis als Kind der Hölle, wird aus Yuki die gefürchtete Lady Snowblood!

SHIN ANGYO ONSHI – DER LETZTE KRIEGER

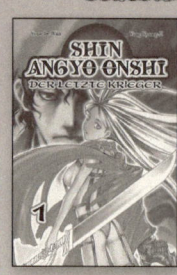

von You In-Wan & Yang Kyung-Il

Mun-Su ist Mitglied des **Geheimbundes** der Angyo Onshi und unterstützt die Not leidende Bevölkerung. Als das Reich zusammenbricht, verschwinden die Angyo Onshi und Mun-Su muss sich nun alleine gegen ausbeuterische Fürsten und **Dämonen** wehren...

Welcome to the N.H.K.

von Kendi Oiwa & Tatsuhiko Takimoto

Tatsuhiro Sato hat die letzten vier Jahre komplett zurückgezogen in seiner Wohnung verbracht und folglich treibt seine Fantasie so einige **bizarre Blüten**: Der japanische Sender N.H.K. plant eine **weltweite Verschwörung**, der Tatsuhiro den Kampf ansagt!

Kamiyadori

von Kei Sanbe

Ein gefährlicher **Virus** nistet sich in Menschen ein und lässt sie zu **ekelhaften Monstern** werden. Jillard und Vivi haben den Auftrag alle Infizierten zu töten. Ein sehr undankbarer und blutiger Job...

MANGA LOVE STORY

von Katsu Aki

Yura und Makoto sind frisch verheiratet. **Das erste Mal** ist für beide verdammt aufregend. Von nun an begleiten wir die zwei unsicheren Frischvermählten auf ihren Streifzügen durch sämtliche Gebiete **sexueller Betätigung** – da gibt es nämlich so einiges zu lernen!

BLOOD+

von Asuka Katsura

Saya ist ein ganz normales Mädchen... Als sie und ihr Bruder von einem **blutsaugenden Monster** angegriffen werden, taucht ein mysteriöser Fremder auf, um ihr zu erklären, dass sie die Einzige sei, die diese **vampirartigen Bestien** töten könne...

EXPLOSIVE INHALTE

Vampire Hunter D

von Saiko Takaki & Hideyuki Kikuchi

Nach einem **Atomkrieg** ist die Welt wieder ins Mittelalter zurückgeworfen worden. **Mutanten** und **Vampire** treiben ihr Unwesen und tyrannisieren die Menschen, bis ein Kopfgeldjäger »D« auftaucht – ein Mann, der menschliche und vampirische Gene in sich trägt...

Battle Angel Alita Last Order

von Yukito Kishiro

Alitas Zerstörung hat nicht lange angehalten: **Doktor Nova** rekonstruiert ihr Gehirn und sie bekommt einen scheinbar unzerstörbaren Körper. Doch wieso erinnert sie sich plötzlich an ihre Kindheit auf dem Mars und an die kampfbegabten **Cyborgs**?

KYOKO KARASUMA

detective of Asakusa police department

von Ohji Hiroi & Yusuke Kozaki

Kyoko Karasuma ist 16 Jahre alt und leistet ganze Arbeit: Sie hilft dem Asakusa Police Department beim Lösen **mysteriöser Fälle**. Und davon gibt es einige – Mordopfer mit Hörnern auf der Stirn, die Gesichter verschwundener Kinder in schwarzen Nebeln oder böse Geister, die von Menschen Besitz ergreifen...

MONSTER COLLECTION

von Sei Itoh & Hitoshi Yasuda/Group SNE

Kasche Arbadel macht Jagd auf Monster und andere Mutationen, doch ihre ungestüme Art lässt ihren Boss verzweifeln. Als der **Wächter des Wissens** gekidnappt wird, ist sie nicht zu Scherzen aufgelegt und legt auf ihrem Weg einiges in **Schutt und Asche**...

AKIRA

von Katsuhiro Otomo

38 Jahre nach der **völligen Zerstörung Tokios** durch eine Superbombe hat man die Metropole am Rand ihres ehemaligen Gebietes neu aufgebaut. Der innere Sektor ist für die Bevölkerung gesperrt. Aber Kaneda und seine Freunde kümmern sich nicht um Verbote. Bei einem Wettrennen in der Zone haben sie eine **unheimliche Begegnung** mit einem greisenhaften Kind...

BASTARD!! DER GOTT DER ZERSTÖRUNG

von Kazushi Hagiwara

Die Zukunft ist grausig: Menschen kämpfen mit **Dämonen** um ihr Überleben und nur der einst verbannte und böse Magier **Dark Schneider** kann die Welt retten. Wird er es schaffen oder gibt er sich seinen verdorbenen Gedanken hin?

HALT!

CARLSEN MANGA!

Dieser Comic beginnt nicht auf dieser Seite. KYOKO KARASUMA ist ein japanischer Comic. Da in Japan von »hinten« nach »vorn« gelesen wird und von rechts nach links, muss auch dieses Buch auf der anderen Seite aufgeschlagen und von »hinten« nach »vorn« geblättert werden. Auch die Bilder und Sprechblasen werden von rechts oben nach links unten gelesen – wie es die Grafik hier zeigt.
Wir wünschen spannendes Lesevergnügen mit KYOKO KARASUMA!